TEUFLISCHE UNSTERBLICHKEIT

Buch

Die mahnende Erinnerung an Laster und Tugenden, an das Jüngste Gericht und die Sieben Todsünden, in der uralten Lagunenstadt Venedig ist sie noch allgegenwärtig. Der moderne Mensch aber scheint all das nurmehr als verstaubte Relikte vergangener Zeiten zu empfinden. Befreit vom Glauben an das wachende Auge Gottes, folgt er den neuen Glaubenssätzen des Liberalismus und neidet und giert in seiner nun legitimierten Selbstsucht munter vor sich hin. So erlebt auch der Protagonist dieses Romans sein Eintauchen in den Kunstmarkt, wo ein gnadenloser Kampf um Einfluss, Reichtum und Unsterblichkeit tobt. Ein inszenierter Irrgarten aus Intrigen wird gar zur tödlichen Falle, sein Weben zum Betrug am Göttlichen und Venedig, dieses einzigartige Labyrinth im Meer, zum heilenden Trost.

Autorin

Einfühlsam, spannend und klug hat Bettina Toepffer ihre Figuren schon im Jugendroman auf die innere Bühne ihrer begeisterten Leser gebracht. Nun hat sie nach *TANGO VENEZIANO Wen die Geister rufen* mit *TEUFLISCHE UNSTERBLICHKEIT* ihren zweiten Roman für Erwachsene vorgelegt. Der Schauplatz Venedig ist der in Hamburg gebürtigen Dramaturgin, Journalistin und Autorin, die heute mit ihrer Familie in München lebt, über viele Jahre zur geliebten dritten Heimat geworden. Und so lebendig, vielschichtig und dramatisch die Autorin das Geschehen zu entwickeln vermag, überrascht nicht, dass sie Kunstwissenschaften, Philosophie und Psychologie studierte.

BETTINA TOEPFFER

TEUFLISCHE UNSTERBLICHKEIT

Roman

Bibliografische Information der Deutschen Nationalbibliothek:
Die Deutsche Nationalbibliothek verzeichnet diese Publikation
in der Deutschen Nationalbibliografie; detaillierte bibliografische Daten sind im Internet über dnb.dnb.de abrufbar.

Herstellung und Verlag: BoD – Books on Demand, Norderstedt

ISBN 9783756820207

Für Sasa

Où mieux que dans cette ville d'illusion, où tout est mirage et reflets, où la plus massive architecture repose sur de pauvres pilotis, où la terre n'est que de l'eau épaissie et de la vase solidifiée, sentir que nous ne sommes nous-mêmes qu'un assemblage d'artifices mentaux et de perspectives spirituelles, et que nous avons en nous, comme la cité fraternelle, des palais qu'habite le souvenir, des façades décrépies et mutilées, des dédales et des impasses qu'entourent, comme sa Lagune, de vastes étendues de rêverie que sillonnent des barques noires?
Nul lieu n'est plus propice que celui-là au détachement de soi et à la paix intérieure.

Wo sonst spürte man besser als in dieser Stadt der Illusion, wo alles Luftspiegelung und Lichtreflex ist, wo die massivste Architektur auf armseligen Pfählen ruht, wo die Erde nicht mehr ist als eingedicktes Wasser und erstarrter Schlick, dass wir selbst nichts sind als eine Ansammlung mentaler Kunstgriffe und spiritueller Perspektiven, und dass wir in uns, wie die brüderliche Stadt, von der Erinnerung bewohnte Paläste haben, verfallene und beschädigte Fassaden, umgeben von Labyrinthen und Sackgassen, und wie ihre Lagune, ausgedehnte Weiten der Träumerei, durchpflügt von schwarzen Barken?
Kein Ort ist der Lösung vom Selbst und dem inneren Frieden förderlicher als dieser.

Henri de Régnier »L'Altana ou La Vie Venetienne«, Paris 1928

Nothing can be beautiful which is not true.

John Ruskin

BETRUG AM GÖTTLICHEN

Erstes Kapitel

Geheimnisvoll verschlungen sind die Wege dieser Stadt, führen in finsterste Enge und doch mit Gewissheit immer wieder ans Licht, dachte Vic einmal mehr, als sich hinter dem Sotoportego del Morion der Ramo de la Borsa vor ihm auftat. Kaum eine Handbreit leeren Raumes hatten seine Anwohner zwischen den um den Hof platzierten Terracotta-Töpfen gelassen. Das Frühlingsgrün ihrer südländischen Bepflanzung versicherte seine Seele einer lebendigen Gegenwärtigkeit zwischen den uralten Gemäuern. An diesem verborgenen Ort, jenseits der Touristenströme, lebten die Venezianer noch draußen in ihrer Corte, wie sie es über all die Jahrhunderte hinweg getan hatten. Gesellig saßen sie zuweilen miteinander im Herrgottswinkel ihres gemeinsamen Hofes oder, wie man es in Venedig wohl eher nennen sollte, im Madonnenwinkel, unter einer gnädig lächelnden Heiligen Jungfrau. Doch noch war der kleine Platz um den uralten Steinbrunnen menschenleer.

Ganz entgegen seiner Natur trieb es Vic, seit er vor zwei Wochen in Venedig angekommen war, zeitig aus den Federn. Er genoss es, in den frühen Morgenstunden durch die Stadt zu streifen, wo ihm nur hier und da ein Einheimischer begegnete, mit Hund zum Gassigehen oder zum Heraushängen des Mülls für die tägliche Abholung oder schon auf dem Weg zur Arbeit. Oder, wie er selbst gerade, unterwegs zum Bäcker. Diese Zunft war eine der wenigen, die in Venedig noch an vielen Orten frische Ware feilbot, sodass Vic immer wieder eine neue Panificio ansteuern konnte, was ihm Gelegenheit bot, die Stadt weiter zu erkunden. Heute war es eine im Norden gelegene, und er war sicher gewesen, sie ohne GPS, das inzwischen auch im uralten Venedig weitgehend funktionierte, zu finden.

Doch er hatte sich wieder einmal verlaufen. Das allerdings bedauerte er keineswegs. Sich zu verirren, erschien ihm geradezu als besonderer Reiz. Und, wenn er es genauer bedachte, nicht nur,

11

um unbekannte Ecken aufzuspüren. Sich zu verlieren, und damit sein eigentliches Ziel gezwungenermaßen für eine Weile aus den Augen zu lassen, hatte etwas ungemein Befreiendes, fast ein wenig Buddhistisches. So als Loslösen des Bewusstseins vom Druck des Gewollten, gefolgt von dem erhebenden Gefühl des bloßen Seins in der Welt. Für Vic jedenfalls hatte es etwas Unwiderstehliches. Ja, er war geradezu süchtig danach. Und diese Stadt schien dazu unendlich viele Gelegenheiten zu bieten.

Er ließ seinen Blick noch einmal kreisen und erspähte überrascht einen zweiten Zugang zu diesem Hof. In einer der hinteren Ecken gähnte ihm versteckt eine dunkle Öffnung entgegen. Vic ging darauf zu. Erst als er direkt vor ihr stand, konnte er sehen, dass dieser tiefe Durchgang unter den Häusern auf einen Kanal hinausführte. Je weiter er darin vordrang, vorbei an einer aufgehängten Forke, die an Poseidons Dreizack erinnerte, einem Kescher und einem roten Plastikeimer, näherte er sich dem in der fahlen Morgensonne blass schimmernden Türkis des Wassers. Ein märchenhaftes Bild, wie gerahmt von der roten Backsteinmauer eines Palazzos mit dunkelgrünem Wassertor auf der gegenüberliegenden Seite.

Er beugte sich ein wenig vor. Ein Stück weiter spann sich eine Brücke über den Kanal, und auf der anderen Seite lugte eine Kirchturmspitze über die Häuser. Es musste die von San Francesco della Vigna sein, war diese Kirche doch die einzige mit einem so hohen Turm in dieser Gegend. Sie erinnerte Vic an den Campanile von San Marco. Beide waren sie im Ansatz rechteckig und ihre zur Spitze hochgezogenen Kanten in weißem Stein abgesetzt. Nur dass der hier nicht in Grün, sondern rot herableuchtete. Diese gelungene Zuordnung erfüllte Vic mit einem Hauch stolzer Genugtuung. Doch im nächsten Moment beschlich ihn eine paradoxe Sorge: Was, wenn ihm die Wege irgendwann einmal völlig vertraut wären? Brauchte es nicht einen gewissen Grad an Fremdheit, um derartiges erleben zu können, wie es ihm so viel bedeutete, eben verbunden mit diesem weggezogen Werden vom bewusst bestimmten Streben?

12

Er kam nicht dazu, diesen Gedanken weiter zu verfolgen. Das Handy läutete. Die Nummer seines Arbeitgebers, des Conte Bembolo. Was, um Himmels willen, wollte der um diese für venezianische Verhältnisse unchristlichen Zeit von ihm?

≫Buongiorno, Signore.≪

≫Guten Morgen, Herr von Ploetzwitz≪, antwortete der Graf in nahezu akzentfreiem Deutsch. ≫Der Architekt hat mich wissen lassen, dass er unseren Termin vorverlegen muss. Er wird in einer halben Stunde im Palazzo sein. Ich bin schon vor Ort, konnte Sie aber nirgends finden.≪

≫Ich bin in der Nähe von San Francesco della Vigna und kann rechtzeitig zurück sein≪, erwiderte Vic und fragte sich, warum der Besitzer des Palazzos, den er für seine zukünftige Nutzung als Hotel ausstatten sollte, nie das *von* in seinem Namen wegließ, wie es sonst unter Adligen üblich war. Und dieser Bembolo gehörte schließlich zum venezianischen Uradel. War es vielleicht als kleine Spitze gemeint, um herauszustellen, dass venezianische Patrizier einen Titel nicht nötig hatten? In der Serenissima reichte noch immer der Name einer Familie, und man wusste, mit wem man es zu tun hatte.

Vic machte auf dem Absatz kehrt, schlug den Kragen seiner schwarzen Cabanjacke hoch und eilte durch die modrig riechende Luft des klammen Sotoportegos zurück auf den Ramo und weiter den engen Durchgang hinunter bis zur nächsten Quergasse, wo er sich für den Weg in Richtung der erspähten Brücke entschied. Sie ließ in ihrer Verlängerung eine Hauptachse erwarten, was sich kurz darauf bestätigte. Ab der Ecke zur Salizida San Francesco ließ er sich dann sicherheitshalber von seinem Navi über die angepeilte Bäckerei auf dem kürzesten Weg in Richtung seines neuen Zuhauses zurückführen.

Auch wenn ihm diese Weise des Fortkommens nun keinen Raum mehr für zufällige Entdeckungen ließ, spannten sich seine Gedanken darum aber noch weiter. Die Venezianer hatten ihre Stadt definitiv nicht als regelrechtes Labyrinth erbaut, um Fremde wie ihn mit erleuchtenden Erkundungstouren zu segnen.

13

Dafür gab es andere Gründe. In allererster Linie waren es die Vorgaben der Natur gewesen. Die ersten Siedler sahen sich vor die Aufgabe gestellt, mehr als hundert sumpfige Inseln zwischen den unzähligen Wasserläufen des Piave-Deltas stabil zu bebauen und sinnvoll miteinander zu verbinden. Das so entstandene unsystematische Geflecht aus Flussläufen und von Menschenhand hinzufügten Kanälen und Gassen war von jeher für Ortsunkundige kaum zu erfassen gewesen. Und das ersparte den Lagunenbewohnern, ihre Stadt mit einer schützenden Stadtmauer zu umgeben und sich damit den Blick auf das Meer und den Durchzug seines erfrischenden Atems zu nehmen.

Mit dem Meer schienen sich die Menschen hier ohnehin besonders innig verbunden zu fühlen. Denn es hatte ihnen einst Macht und Reichtum beschert, sie aber auch stets daran erinnert, wie zerbrechlich und abhängig ihr Leben von seiner unberechenbaren Naturgewalt war, sowohl auf den Wegen zu den überseeischen Quellen ihres Wohlstands als auch hinsichtlich ihrer Existenz auf den Inseln der Lagune. Und welches Volk sonst vermählte sich wie die Venezianer jedes Jahr aufs Neue in einem festlichen, an antike Opferdienste erinnernden Ritus mit dem Meer? Und doch taten sie es mit einer anderen Haltung, nicht unterwürfig, das wäre so gar nicht venezianisch, sondern auf gleicher Augenhöhe, weshalb der goldene Ring früher auch vom Dogen persönlich und heute immerhin noch vom Bürgermeister feierlich dem Meer übergeben wurde.

Vic stieg die Stufen des Ponte dei Scudi hinauf. Linker Hand lag einer der vielen alten Palazzi, denen die hereindrängende Flut schon bei normalem Wasserstand am Tor zum Kanal bis zum Kragen stand. Genauso war es auch bei seinem Palazzo, dem zweiten des Conte Bembolo, für dessen Umwandlung in eine Behausung kunstbeflissener Gäste er engagiert worden war. Zum Glück aber gab es inzwischen das Sperrwerk M.O.S.E., das Venedig künftig vor den zerstörerischen Hochwassern schützen sollte. Allerdings zeigten viele der unter Wasser liegenden Teile nach mehreren Jahrzehnten Bauzeit schon bei seiner Inbetriebnahme bedenkliche Korrosionsschäden. Signor Bembolo jedenfalls mochte sich nicht allein auf das neue Barrieresystem verlassen und hatte Vic beauftragt, eine ästhetisch attraktive Lösung für den Schutz des Androns, der Halle im Erdgeschoss, vor Hochwasser zu finden.

Das war eine der anspruchsvollen, aber ungemein reizvollen Aufgaben, die vor ihm lagen. Was war er doch für ein Glückspilz, diesen Auftrag bekommen zu haben, der es ihm zudem ermöglichte, nun für Monate in seiner Lieblingsstadt zu leben, dachte er und blinzelte in die grellen Sonnenstrahlen über dem noch dunstverhangenen Kanal hinaus, als eine Taube sanft auf den Mauervorsprung über dem Wassertor niederschwebte. Als wollte auch sie mich an die gnädige Gunst meines Schicksals erinnern, dachte Vic versonnen und daran, wie die Stürme des Schicksals uns zuweilen auch gleich lächerlich zappelnder Wattebäuschchen vor sich hertrieben.

Nun aber hatte er endlich wieder einen festen Job, eine Arbeit, in die er sein Wissen und Können als leidenschaftlicher Designer einbringen konnte. Und endlich war ihm auch das belastende Gefühl genommen, Maddalena, also Magda, wie er seine geliebte Frau am liebsten nannte, aufzubürden, den Löwenanteil am Familieneinkommen mit ihrer Arbeit als Chefstewardess hereinzubringen. Jetzt endlich konnte er daran glauben, dass sie aus freien Stücken, wie sie immer wieder beteuerte, so viel in der Weltgeschichte herumdüste. Dass sie es wirklich genoss und brauchte, immer wieder von ihrem Zuhause in Frankfurt durch die grauen Wolken zu stoßen, hinein ins ungetrübte Blau unter der strahlenden Sonne. Ein Eindruck, wie er sich offenbar mit prägenden Erinnerungen an ihre Kindheit in Italien verband.

Inzwischen war Vic in die schmale Gasse eingebogen, die zum Landzugang des Palazzo Bembolo führte, um als Sackgasse am Rio de San Martin zu enden. Schon als er die mächtige Pforte aufstieß, hörte er die Stimme des Conte.

≫Da sind Sie ja, mein lieber von Ploetzwitz≪!, begrüßte ihn der Hausherr lächelnd auf Italienisch, um ihn in das Gespräch mit

15

dem Architekten einzubeziehen, wohlwissend, dass Vic in dieser Sprache dank seiner Frau gleichermaßen zuhause war wie in seiner Muttersprache. »Ich habe Signor Paretti bereits mit unserem Anliegen vertraut gemacht.«

»Nun, wenn man sich nicht damit begnügen will, mobile Stahlbarrieren einzusetzen, bliebe nur eine Mauererhöhung. Allerdings werden Sie die nie durchkriegen«, erklärte der Architekt achselzuckend.

»Aber es geht doch gerade darum, die historische Substanz besser zu schützen«, hielt Vic dagegen. »Jede weitere Überschwemmung des Erdgeschosses zehrt an den sowieso schon reichlich maroden Wänden.«

»Sie sagen es, Signore. Aber einen Tod muss man nun einmal sterben und welchen, das hat die Baubehörde entschieden.«

»Und wenn man die Erhöhung innen bauen würde, sodass sie von außen nicht sichtbar wäre?«

»Und was wird dann aus dem Wassertor?« Der Architekt zog angesichts dieser absurden Idee des ahnungslosen Fremden belächelnd die Augenbrauen hoch. »Die Flügel der Pforte werden schließlich nach innen geöffnet.«

»Hm, drüber muss ich nachdenken«, meinte Vic und dachte plötzlich daran, dass, so segensreich M.O.S.E. für den Erhalt dieser unvergleichlichen Stadt war, das moderne Sperrensystem ihr auch etwas nahm, das schon fast wesenhaft dazugehörte. Diese faszinierenden Eindrücke bei Acqua alta, wie des sich auf der Piazza dann spiegelnden Markusdoms oder des fröhlich spritzenden Watens durch das kniehohe Wasser in den engen Gassen oder auch die so widersprüchlich eigentümliche Stimmung aus gemeinschaftlicher Aufregung und erzwungener Beruhigung dieser Stadt und wie all das nun vielleicht für immer verloren sein würde. Das hatte Vic auf die Idee gebracht, die Neugestaltung des Erdgeschosses sowohl dem Schutz vor Hochwasser als auch der Erinnerung an die unvergleichlichen sinnlichen Eindrücke während solcher Überflutungen zu

16

widmen. »Mir geht es neben dem Hochwasserschutz auch um ein unmittelbares Erleben des Wassers.«

»Dazu brauchen Sie nur die Flügel des Wassertors zu öffnen«, entgegnete Signor Paretti trocken.

»Dann haben wir das Kanalwasser vor der Tür, aber eben nicht hier drinnen«, entgegnete Vic.

»Also, ein Beispiel dieser Art haben wir in Venedig«, schaltete sich nun Signor Bembolo in die Diskussion ein. »Im Palazzo Querini-Stampalia.«

»Die Umgestaltung von Carlo Scarpa«, nahm Signor Paretti den Gedanken des Grafen geflissentlich auf und rieb sich nachdenklich die Schläfe. »Aber das ist als noch unbedingt nötiger Hochwasserschutz gebaut worden und den hat in Venedig zum Glück niemand mehr nötig, seit wir das neue Barrieresystem haben. Außerdem bräuchten wir für derartige Umbauten eben eine Genehmigung, und es erscheint mir äußerst fraglich, ob wir die bekommen würden.« Und an Vic gewandt fuhr er fort: »Sollten Sie an das Auswechseln des Holztors gegen ein durchbrochenes Metallgitter wie im Palazzo Querini-Stampalia denken, vergessen Sie es! Dieses Haus ist schließlich kein profaner Bau, sondern einer der nurmehr neunhundert erhaltenen Palazzi Venedigs und die sind wesentlicher Bestandteil des touristischen Kapitals unserer Stadt. Deshalb darf an deren historischen Fassaden heutzutage überhaupt nichts mehr verändert werden. Der Eingriff Scarpas erfolgte Anfang der 1960er Jahre, da lagen die Dinge noch ein wenig anders. Außerdem war er der Star-Architekt Venedigs. Und damals wie heute gelten seine Projekte nicht als bloße Baumaßnahmen, sondern als Kunstwerke.«

»Ein Kunstwerk, ja, genau das wäre es auch, was Signor von Ploetzwitz hier für uns zu schaffen gedenkt. Ich schlage vor, er schaut sich die Lösung von Scarpa einmal an. Dann sehen wir weiter.« Und kaum, dass Signor Bembolo die weitere Marschrichtung vorgegeben hatte, klappte der um einen Kopf kleinere Architekt vor dem stattlichen Conte in eine dienerartige Verbeugung, bevor er mit kurzem Gruß das Haus wieder verließ.

17

»Denken Sie denn, dass wir eine Chance bei der Baubehörde hätten?«, fragte Vic zweifelnd.

»Wir sind in Venedig, mein Freund. Was man hier braucht, ist ein wenig Geduld, die richtigen Kontakte und ein Gespür dafür, wie man sich für eine Gefälligkeit angemessen erkenntlich zeigen kann. Nehmen Sie das alles ein wenig gelassener, mein lieber von Ploetzwitz!«, erwiderte der Conte ermutigend und wandte sich ebenfalls zum Gehen, was Vic nicht nur tatsächlich wieder zuversichtlicher stimmte, sondern auch freute, weil es ihn daran erinnerte, mit wie viel Ruhe er hier an die Entwicklung und Umsetzung seiner Ideen gehen könnte.

»Ach, was ich noch mit Ihnen besprechen wollte.« Signor Bembolo drehte sich an der Haustür noch einmal zu Vic um. »Eine gute Freundin, Eleanor Whitman, leitet eine Stiftung für Nachwuchskünstler. In zwei Tagen erwartet sie neue Stipendiaten, die sie im Rahmen eines Artists-in-Residence-Programms für ein halbes Jahr in ihrem Palazzo aufnimmt. Darunter ist in diesem Jahr auch eine junge Künstlerin, die für ihre Arbeit ein großes Atelier benötigt, das Mrs Whitman ihr im eigenen Palazzo nicht bieten kann. So wie ich es verstanden habe, handelt es sich um raumgreifende Installationen, die diese Künstlerin dann abfotografiert. Nachdem Mrs Whitman weiß, dass auch ich gegenüber zeitgenössischer Kunst aufgeschlossen bin und es noch eine Weile dauern wird, bis wir diesen Palazzo als Hotel eröffnen, hat sie mich gefragt, ob ich einen solchen Raum zur Verfügung stellen könnte. Übrigens handelt es sich bei dieser jungen Künstlerin zufälligerweise um eine Landsmännin von Ihnen. Was meinen Sie?«

Eine junge Künstlerin, die hier mitten in den Umbauarbeiten herumlaufen würde? Überhaupt, ein fremder Mensch, der Tag und Nacht aufkreuzen könnte, während er sich intensive Einfühlsamkeit verlangende Gedanken über die Gestaltung der einzelnen Bereiche des Hauses machen wollte?

Doch Signor Bembolo war offensichtlich gar nicht an einer Stellungnahme interessiert, denn mit seiner nächsten Frage stellte er Vic vor vollendete Tatsachen: »Und? Wie können wir das realisieren? Ich denke, der Portego, der große Salon im ersten Stock, wäre am besten geeignet.«

»Ja, äh«, stammelte Vic, dem immer bedrückender schwante, was für Auswirkungen das für den Fortgang der Arbeiten im Haus haben würde, insbesondere nachdem eine ganze Reihe anderer Zimmer von diesem zentral gelegenen Raum abgingen. »Nur, dann kommt unser Zeitplan für die Bodenausbesserung durcheinander«, warf Vic hektisch ein, in der Hoffnung, dieser Kelch möge doch noch an ihm vorüberziehen.

»Dann lassen wir diesen Bereich eben bis zuletzt«, entschied sein Auftraggeber. Und so wie er das sagte, machte Vic klar, dass eine weitere Widerrede fehl am Platze und sowieso sinnlos wäre. »Die Willkommensveranstaltung für die Stipendiaten ist am Freitag ab achtzehn Uhr im Palazzo Whitman in Dorsoduro. Notieren Sie sich diesen Termin doch bitte gleich mal. Alle Sponsoren und Förderer sind mit eingeladen, nur werde ich an dem Tag nicht in Venedig sein, sodass ich Sie bereits als Vertreter avisiert habe. Ist ohnehin sinnvoller, da schließlich Sie die junge Dame unter Ihre Fittiche nehmen werden. Und wir sehen uns dann nächste Woche wieder. Arrivederci, Signor von Ploetzwitz!«

Der große Salon würde also zum Atelier umfunktioniert werden müssen. Da wäre bis Freitag noch einiges zu tun. Erst gestern waren dort einige neue Fensterrahmen zwischengelagert worden. Und der Boden war in seinem derzeitigen Zustand auch kaum so anzubieten, waren doch an einigen Stellen Löcher im alten Terrazzo. Da bräuchte es übergangsweise einen Vinylbelag von der Rolle. Aber zuerst einmal müsste er jemanden finden, der ihm die riesigen Fensterrahmen in einen anderen Raum transportierte und dann – sein Handy läutete.

»Ciao, Vic! «, hörte er Magda seinen Namen auf die vertraute Weise mit ihrem geliebten italienischen Akzent schier endlos in die Länge ziehen.

19

»Ciao, amore!«, erwiderte Vic sanft und spürte, wie ihn die Stimme seiner Frau augenblicklich wieder in die Balance brachte. »Alles gut bei dir?«

»Si, si, bei mir alles ist gut. Aber es ist nicht so mit Leon.«

»Was ist passiert?«, erkundigte sich Vic erschrocken.

»Nein, es nicht passiert so etwas. Es ist wegen Kimberly. Sie haben sich getrennt, und jetzt Leon schließt sich nur ein in seine Zimmer«, berichtete Magda besorgt.

Vic atmete hörbar auf. »Na, wenn weiter nichts ist.«

»Doch, es noch etwas. Weil Leon hat alles gemacht zusammen mit ihr, also diese ganze Projekte und Reisen und alles, was sie hat gemacht für ihre Blog, er hängt jetzt runter total.«

»*Hängt jetzt durch*, heißt das, amore«, korrigierte Vic sie zärtlich in alter Gewohnheit.

»Vic! Leon hat wirklich Probleme!«

»Okay, okay.«

»Übermorgen ich habe eine Fernstrecke. Also ich bin nicht da für fast eine Woche und ich mag nicht alleine lassen Leon so lange in diese Situation. Deshalb ich habe für ihn gebucht eine Flug zu dir nach Venedig am Freitag. Vielleicht es ist besser sowieso, wenn er hat jetzt seine Vater für Reden unter Männer. Und ich habe dazu gebucht eine Box für Hugo, weil deine Schwester ist auch weg mit ihre Hund, und ich kann Hugo nicht lassen bei ihr.«

Vic stockte der Atem. Der kommende Freitag verhieß wahrlich nichts Gutes, dabei war es doch gar kein Dreizehnter! So sehr er Leon liebte, die Aussicht darauf, sich neben dieser Stipendiatin auch noch um die spätpubertären Frustrationen seines Sohnes und die Bedürfnisse ihres kleinen Kläffers kümmern zu müssen, passte ihm gerade gar nicht ins Konzept!

Zweites Kapitel

Vic reckte den Hals, um Leon und Hugo im Schwall der Fluggäste auszumachen, der sich in die Ankunftshalle des Aeroporto Marco Polo ergoss. Der Flieger war um drei gelandet, und Vic hatte gehofft, sie würden die Fähre zurück nach Venedig um halb vier erreichen. Doch nun war es bereits fünf nach halb und von Leon noch immer keine Spur. Vermutlich dauerte es länger, weil sein Sohn auf die Hundebox warten musste, in der Hugo den Flug im Frachtraum zu absolvieren hatte. Vic rechnete: Selbst wenn sie das nächste Schiff nehmen würden, wäre die Zeit zu knapp, um die beiden nach Hause zu begleiten und dann noch rechtzeitig zum Beginn der Veranstaltung mit den Stipendiaten nach Dorsoduro hinüberzukommen. Ungeduldig trat er von einem Bein aufs andere. Da endlich sah er den dunklen Lockenkopf, den er seinem Sohn vererbt hatte, am Portal der Zollabfertigung auftauchen. Und keine zwei Minuten später sprang der kleine weiß-braune Terrier schwanzwedelnd an ihm hoch und kratzte aufgeregt mit den Pfoten an seinem Oberschenkel. Vic wuschelte ihm zur Begrüßung tüchtig das strubbelige Fell, übernahm die Leine und zog mit dem anderen Arm seinen Sohn an sich.

»Na, Großer?«, begrüßte er Leon schulterklopfend und beschloss, ihn jetzt lieber nicht nach seinem Befinden zu fragen oder auf die Geschichte mit Kimberly anzusprechen. Schließlich war er mit seinen einundzwanzig Jahren kein Kind mehr, und Männer wollten nun mal selbst entscheiden, ob und wann sie über ihre Gefühle redeten.

»Ciao, Papa! «, erwiderte sein Sohn dann auch nur knapp.

»Du, das ist jetzt blöd, aber es ist schon so spät, dass ich direkt zu dieser Veranstaltung mit den jungen Künstlern fahren muss, die mir mein Boss aufs Auge gedrückt hat. Aber wir können dasselbe Schiff nehmen. Und dann steigst du an der Haltestelle *Arsenale* aus und läufst von da aus allein zu unserem Palazzo. Ich

21

denke, dass ich gegen neun zurück sein werde, und dann können wir noch etwas essen gehen.≪

≫Ist Stella denn nicht da?≪, erkundigte sich Leon nach seiner Zwillingsschwester, die seit ein paar Wochen im nahen Padua Biologie studierte.

≫Die ist heute Abend auf irgendeiner unheimlich wichtigen Party und übernachtet in Padua bei Freunden≪, erklärte Vic achselzuckend. ≫Aber sie kommt morgen zurück.≪

Enttäuscht zog Leon seine Mundwinkel breit.

≫Du kannst mich auch begleiten. Musst ja nicht mit reinkommen. Wir stellen den Koffer da ab, und du läufst solange mit Hugo in der Gegend herum. Der braucht sowieso ein bisschen Bewegung≪, schlug Vic vor und dachte, dass diese Lösung vermutlich auch eher in Magdas Sinne wäre. Also, dass Leon besser nicht allein in dem noch wenig heimeligen Palazzo ankäme, der, bis auf ein paar notdürftig für Vic und seine Familie hergerichtete Räume, noch leer und eine Baustelle war. Eine Kulisse, die ihn gleich wieder tiefer in seine deprimierte Stimmung versinken lassen könnte. Und dann gab es da schließlich auch noch dieses verdammte *Venedig-Syndrom*, diese unheimliche Kraft, die dem selbst vom Untergang bedrohten Venedig den bösen Ruf eingetragen hatte, psychisch angeschlagene Menschen in den Selbstmord zu treiben. Nein, er sollte Leon besser vorläufig nicht sich selbst überlassen!

Es war zwanzig vor sechs, als ihr Schiff nach anderthalb Stunden weitgehend schweigsamer Fahrt über Murano, die Fondamente Nove, den Lido und San Marco endlich an den Zattere festmachte. Sie gingen von Bord, und Vic befreite Hugo von dem lästigen Maulkorb, der für alle Hunde auf öffentlichen Fährschiffen vorgeschrieben war.

Vor dem Anleger schoben sie sich vorsichtig durch ein Knäuel von Tagestouristen, die jetzt im Frühling schon wieder zuhauf mit kleckerndem Eis und schmierigen Wraps kämpfend auf ihr Schiff zurück nach Jesolo warteten. Die Brücken über die Kanäle

San Vio und Toresele ließen sich dank der in Venedig seltenen Rampen auch mit Leons Koffer zügig überwinden. Und weiter ging es entlang der Accademia di belle arti, der Kunsthochschule Venedigs, und der kleinen, im Licht der Abendsonne apricotfarben leuchtenden Chiesa dello Spirito Santo zum Rio de la Fornace, wo Leon seinen Koffer nun doch noch einmal über die Treppen einer Brücke wuchten musste, bevor sie endlich das Magazzino del Sale, das ehemalige Salzlager, erreichten, hinter dem die Gasse lag, in die sie einbiegen mussten.

An ihrem Ende befand sich der Palazzo dieser Mrs Whitman. Durchaus bemerkenswert, befand Vic anerkennend, als sie sich dem gotischen Gebäude näherten. Nicht allzu groß und mit einigen Wunden verpatzter Restaurierungen, aber immerhin mit vier von Säulen umspielten Spitzbogenfenstern im Piano nobile und einer Bifora im zweiten Stock. Und, was Vic besonders gefiel, in beiden Stockwerken noch einmal mit einer solchen Zweierkombination dieser orientalisch anmutenden Fenster, wie gespiegelt um die Ecke des Hauses geklappt.

Früher hatte dieser Palazzo einmal direkt am Wasser gelegen, das verrieten die Namen der angrenzenden Gassen. Vic fragte sich, warum hier nur gleich mehrere Kanäle zugeschüttet wurden, obwohl die Gebäude schon immer auch für Fußgänger zugänglich gewesen waren, wie es die abgesetzte Pflasterung der alten Uferwege erzählte. Nicht auszudenken, wenn dieses bedauerliche Schicksal auch noch den Canal Grande ereilt hätte, den zu einem Boulevard für Flaneure zu machen, man allen Ernstes Mitte des neunzehnten Jahrhunderts ebenfalls erwogen hatte, dachte Vic und drückte auf den hochglanzpolierten Klingelknopf aus Bronze.

»Buonasera, Signori!«, begrüßte sie eine lächelnde Dame um die Dreißig in dunkelblauem Business-Kostüm und hochgeschlossener, weißer Bluse.

Nachdem Vic sich und seinen Sohn samt Hugo vorgestellt hatte, erklärte sie, die Assistentin der Hausherrin zu sein, bat sie ins Haus und griff dienstbeflissen nach Leons Koffer.

≫Die haben offenbar kein Problem mit Hugo≪, murmelte Vic erfreut und schob Leon sachte vor sich her.

≫Aber ich wollte doch wieder gehen≪, flüsterte Leon nervös zurück, während er seinem Koffer nachblickte, der soeben in einer Nische neben dem Eingang verschwand.

≫Ist doch für dich mal ganz interessant, etwas über Leute deiner Generation zu erfahren, die Kunst machen≪, redete Vic weiter, bis sie im Gefolge der Assistentin den Beginn der Treppe erreichten.

≫Hey Papa, so war das aber nicht ausgemacht!≪, murrte Leon noch einmal, aber Vic spürte über die Hand auf seiner Rückenmuskulatur, wie der Widerstand langsam dahinschmolz.

Ein kurzer Blick zurück ins langgestreckte Entree ließ Vic die Begegnung mit einer exzentrischen Persönlichkeit ahnen. Statt der üblichen Deckenleuchte in Gestalt einer gusseisernen Laterne, hing schon hier ein Kronleuchter gigantischen Ausmaßes aus schwarz gefärbtem Kristall mitten im Raum über dem mit klassisch auf die Spitze gedrehten Quadraten aus weißem Carrara-Marmor im Wechsel mit rotem Marmo rosso di Verona belegten Boden. Die Strahlen des ausgesandten Lichts tanzten wie die Reflexionen eines von der Sonne beschienenen Kanals an der Decke. Der Leuchter musste kaum merkliche Pendelbewegungen machen und der alte Boden so extrem poliert sein, dass er glänzte, als bedecke ihn eine minimale Wasserschicht. Eine geniale Idee, um diesen zauberhaften Effekt auch ohne direkten Zugang zu einem der venezianischen Kanäle nachzuahmen! Aber zweifellos nur mit einem immens hohen technischen Aufwand zu realisieren, dachte Vic ein wenig neidisch, würde er bei der Gestaltung seines Palazzos kaum auf finanzielle Mittel in einem Umfang zurückgreifen können, die solch luxuriöse Spielereien zuließen. Nur gut, dass er das hinsichtlich solcher Lichtreflexe auch gar nicht nötig hatte, lag der Palazzo Bembolo doch unmittelbar an einem Kanal, und dieses faszinierende Spektakel spielte sich dort bei Sonnenschein auf ganz natürliche Weise ab.

Inzwischen hatten sie die letzte der mondän mit amethystviolettem Läufer belegten Steinstufen zum Piano nobile genommen. Ein lebhaftes Gemurmel schlug ihnen entgegen, als sie den Portego des Hauses betraten, und die Assistentin entschuldigend erklärte, die Hausherrin werde sie erst später persönlich begrüßen können, da gleich ihre Rede anstehe. Sie drückte Vic noch einen Folder in die Hand, winkte ein Mädchen mit Getränken auf einem Silbertablett heran, wünschte einen unterhaltsamen Abend und verschwand in der Menge angeregt plaudernder Gäste.

≫Und wer ist das hier so?≪, fragte Leon, nachdem sie sich mit einem Glas Wein versorgt hatten.

≫Irgendwelche Leute, die mit der Stiftung dieser Mrs Whitman zu tun haben. Mehr weiß ich auch nicht≪, antwortete Vic und nahm einige der etwa hundert unter den stuckgerahmten Deckenfreskos des großen Salons wandelnden Gäste genauer ins Visier. Die meisten schienen als Paar gekommen zu sein und waren durchgehend elegant bis extravagant gekleidet, wie es aber für alle, die etwas auf sich hielten, in Venedig allgemein üblich war. Das erinnerte Vic daran, wie Joseph Brodsky einmal beschrieben hatte, dass diese Stadt Einheimische wie Fremde einfach herausfordere, sich in angemessener Weise zu kleiden, einer Weise, die aber wiederum so außergewöhnlich sei, dass man für das Wandeln in dieser Stadt angeschaffte Kleidungsstücke anderswo kaum je wieder zu tragen vermöge. Und wie dieser große Schriftsteller das damit begründete, dass man ein unausweichliches Verlangen verspüre, der Schönheit dieser Stadt nachzueifern oder, wie Vic es jetzt dachte, ihrer Schönheit Referenz zu erweisen und ihr Strahlen durch die eigene Anwesenheit keinesfalls zu mindern.

≫Sieht so aus, als wäre hier schon ziemlich viel venezianische Society und internationaler Jetset beieinander. Auf jeden Fall Leute, die Geld übrig haben, um in Kunst zu investieren≪, ergänzte Vic und war froh, sich schon vor der Fahrt zum Flughafen ein bisschen in Schale geworfen zu haben. Er hatte sein

25

dunkelgraues Seidenjackett mit delphinfarbenem Stehkragen-
hemd angezogen und seinen dunkelroten Seidenschal dazu
ausgegraben, der ihm nun den angemessen lässigen Touch verlieh.

≫Wollen wir uns dann mal die ausgestellten Kunstwerke
anschauen?≪

Leon hatte sich ein wenig gelangweilt zu Hugo hinuntergebeugt,
um ihn zu kraulen.

≫Good evening, Ladies and Gentlemen!≪, begann Mrs
Whitman in diesem Moment ihre Ansprache in breitem
amerikanischem Englisch. Eine Frau um die fünfzig, und ganz
entgegen Vics Erwartung, in einem zwar, wie Stoff und Schnitt
verrieten, ebenfalls zweifellos sündhaft teuren, jedoch schlichten,
hellgrünen Hosenanzug. Der passte sowohl blendend zu ihrem
elegant hochgesteckten, kastanienbraunen Haar wie zu der in
Rosé gehaltenen Wandfarbe hinter den goldgerahmten Spiegeln.
≫Wie schön, Sie alle, liebe Freunde, alte Bekannte und, wie ich
sehe, auch so einige neue passionierte Kunstliebhaber begrüßen
zu dürfen. Es ist mir eine große Freude, Ihnen heute die drei
jungen Künstler vorzustellen, die von unserer internationalen
Jury ausgewählt wurden, für das nächste halbe Jahr mein Haus
mit mir zu teilen.≪

Sie machte eine kunstvolle Pause und ließ den Blick mit
großmütigem Lächeln über das Publikum schweifen, das ihrer
rhetorischen Dramaturgie brav folgte und einen ersten Applaus
spendete, woraufhin sie wie ein Dirigent für das Decrescendo
nach gut kalkulierter Verzögerung ihre Hände sachte hob und
wieder senkte.

≫Nein, nein, ich habe zu danken, an allererster Stelle unseren
Juroren. Danke, Fiona McDermott!≪ Sie streckte ihren Arm in
Richtung der genannten Person aus, die sich unter dem
Applaudieren des Publikums mit der Andeutung einer
Verbeugung zu erkennen gab. ≫Danke, Dottore Luigi Fassetti!
Danke, Robert Brunner!≪, rief sie weiter über die klatschende
Menge hinweg. ≫Mit ihrem fachlich versierten, wunderbaren
Gespür für junge Talente haben Sie es wieder einmal geschafft,

für uns drei wirklich vielversprechende junge Künstler zu entdecken. In diesem Jahr mal wieder aus Deutschland, nachdem wir im vergangenen Jahr Nachwuchstalente aus den Staaten und im vorletzten aus Italien bei uns hatten. Was allerdings weder vorgegeben noch beabsichtigt war: In diesem Jahr haben wir es ausschließlich mit Künstler*innen* zu tun. Ein Ergebnis, wie wir es noch nie hatten. Ein Ergebnis aber auch, das überfällig war, wenn man bedenkt, über wie lange Zeit männliche Künstler die Bühne der Öffentlichkeit so gut wie ausschließlich für sich reklamierten. Doch Frauen haben sich unaufhaltsam auf den Weg in die Spitzenriege des internationalen Kunstgeschehens gemacht. Freuen Sie sich nun also mit uns auf zwei junge Bildende Künstlerinnen aus Deutschland, dem Land, das sich seit langem mit den Vereinigten Staaten die Spitzenpositionen am internationalen Kunstmarkt teilt. Und hier sind sie: Lene Lax und Patrizia Riemann!≪

Mrs Whitman zog die beiden Künstlerinnen aus der ersten Reihe zu sich vor das Publikum und stimmte dann in den wieder anschwellenden Beifall mit ein.

≫Krasse Performance≪, kommentierte Leon den Auftritt der beiden jungen Frauen.

Diese Lene Lax, mit aufgetürmten hennaroten Rastazöpfen, gehalten von einem breiten Haarband in Grün und Orange, trug ein merkwürdig altmodisch wirkendes, knielanges Strickkleid mit Glockenrock, dessen violett-dunkelgrünes Muster Vic an eine Tapete aus den 1970er Jahren erinnerte. Dazu dann auch noch eine senfgelbe Strumpfhose und kniehohe Stiefel in Dunkelrot.

≫So schrill laufen wirklich nur Bildende Künstler herum≪, tuschelte Vic hinter vorgehaltener Hand zurück. ≫Ich sage dir, da steckt harte Arbeit dahinter, ein Outfit ästhetisch so dicht an der Grenze zur schlichten Geschmacklosigkeit abzustecken, dass es als auffälliges Statement gegen die Masse der Angepassten durchgeht. Bin gespannt, welche von den beiden unsere Kandidatin ist.≪

Der anderen fiel der Pony ihrer dunklen, langen Haare bis zu den künstlichen Wimpern über einem flammenrot geschminkten Mund. Sie steckte in einer hellgelben Oversize-Bomberjacke über einer auberginfarbenen engen Lederhose und sandfarbenen Desert-Boots.

»Ich werde Sie nun nicht mehr lange davon abhalten, diese beiden großen Talente selbst zu entdecken«, fuhr Mrs Whitman fort. »Ihre Werke sprechen für sich, und eine erlesene Auswahl wartet darauf, mit Ihnen in Dialog zu treten. Eine Information zum künstlerischen Werdegang finden Sie bei den ausgestellten Arbeiten. Und für weitere Fragen stehen Ihnen heute Abend die beiden persönlich zur Verfügung. Bevor ich zu unserer dritten Stipendiatin komme, möchte ich mich noch herzlich bei Signor Sandrone für die wunderbaren Cicchetti bedanken, die uns gleich beim Gang durch unsere kleine Ausstellung begleiten werden.« Und wieder deutete sie in Richtung des betreffenden Herrn. »Ebenso danke ich dem Hause Bembolo aufs Herzlichste, das uns ein Atelier für das raumgreifende Arbeiten von Patrizia Riemann zur Verfügung stellt«, womit sich Vic plötzlich im Fokus der Aufmerksamkeit und nun auch genötigt sah, sich lächelnd mit einem Nicken zu beiden Seiten der umstehenden, Beifall spendenden Gäste zu erkennen zu geben.

»Und wie in jedem Jahr haben wir auch einen Stipendiaten aus einer anderen künstlerischen Sparte eingeladen«, fuhr Mrs Whitman nun fort. »Waren es zuletzt ein Komponist aus Italien und ein Choreograph aus den Staaten, ist es in diesem Jahr eine junge Literatin aus Deutschland: Greta Mommsen!«

Unter erneutem Applaus schlängelte sich eine junge Frau mit kurz geschnittenen, platinblond gefärbten Haaren in vergleichsweise schlichtem, durchweg schwarzem Outfit, einem eng anliegenden Rolli, einer Culotte und Sneakers, an Vic vorbei nach vorne.

»Sie präsentiert scheinbar fotografisch präzise Aufnahmen ihrer Zeitgenossen. Doch zwischen den Zeilen finden wir bei Greta Mommsen Verweise auf unseren Anteil der Wahrnehmung.

Das Betrachtete erweist sich als Projektionsfläche für unsere eigenen Vorstellungen und Ahnungen, für das Narrativ unserer eigenen Sehnsüchte und Ängste. Dafür scheint Mommsen Gewebeproben der fokussierten Subjekte zu nehmen und wie zwischen Glasträgern unters Mikroskop zu schieben. Die Autorin wird dabei zu einem Wesen zwischen begierdegetriebenem Stalker und emotionslos analysierendem Wissenschaftler. Über die Beobachtung des Individuums hinaus spürt sie auch den sich in der historischen Zeit kollektiv verändernden Aspekten menschlichen Daseins nach. Sie durchleuchtet spezifische Deformationen und Leidenszustände und geht dabei der Frage nach, welchen evolutionären Einfluss der Einzelne, das Kollektiv und der Rest der Welt aufeinander haben. Und sie tut dies über die Beschreibung kleinster Momente des Alltäglichen als Reflexion des großen Ganzen. Als künstlerische Inspiration dienen ihr erlebte Szenen im Umgang mit Zeitgenossen ebenso wie künstlerische Vorlagen anderer, Gemälde, Skulpturen, Fotografien, sogar Kompositionen. Und sie hat sich eine im Schwinden begriffene handwerkliche Qualität klassischer Dichter zu eigen gemacht: Je nach Art und Umfang des künstlerischen Gedankens greift sie auf unterschiedliche Ausdrucksformen zurück. So gibt es von ihr neben Gedichten auch bereits drei Romane und erste Texte für die Bühne. Wir haben für Sie einige Gedichte aus Mommsens Lyrik-Zyklus poetischer Adaptionen von Arbeiten der Fotokünstlerin Donata Wenders ausgestellt. Eines möchte ich Ihnen an dieser Stelle in der Originalsprache Deutsch vortragen. Übersetzungen ins Englische und Italienische finden Sie im Programm-Folder, den Sie von meiner Assistentin erhalten haben. Das Gedicht mit dem Titel *Süßes Leben* basiert auf Wenders Fotografie *Spellbound*, die Sie später in der Ausstellung neben dem Gedicht in Augenschein nehmen können.

Ach, süßes Leben!
Mit Süßstoff betrogen
Hat bitt'rer Beigeschmack dich so entstellt,

Dass kaum noch einer nur mehr ahnt,
Was du einmal gewesen.
Du warst die absolute Schönheit,
Die Federleichtigkeit des Seins,
Die Ewigkeit in ein paar Stunden.
Du warst das Plätschern eines Brunnens,
Der Rausch von Farben und von Licht,
Das Sternenspiel am Firmament.
Du warst der Duft des Südens,
Der Geist von Sein und Nichts,
Die große Freiheit unter Freunden.
Du warst das Rotweinglas an seinen Lippen,
Das Flattern ihrer zarten Nüstern,
Der kühle Marmor auf erhitzter Haut.
Du warst einmal,
Ach, süßes Leben,
Wird es dich so
Wohl jemals wieder geben?«

Während das Publikum applaudierte, fragte sich Vic, woher diese Mrs Withman ihr perfektes, vollkommen akzentfreies Deutsch haben mochte.

»Auch wenn sich dieses Gedicht auf eine in Berlin eingefangene Szene bezieht, schlägt es nicht eine perfekte Brücke zu unserem bezaubernden Venedig? Denn wissen wir nicht alle: Hier ist die absolute Schönheit noch beständig. Hier lässt der Rausch von Farben und von Licht, der Duft des Südens, das Sternenspiel am Firmament und das Plätschern, wenn auch nicht der Brunnen, so doch des Wassers an den unzähligen Ufern noch immer diese Federleichtigkeit des Seins in uns spürbar werden. So können wir nun gespannt sein darauf, wie unsere jungen Künstlerinnen die intensive Begegnung mit dieser Stadt erleben, und wie wir dieses dann in ihren Werken reflektiert finden werden. Diese Stadt wird zu einem Teil der Geschichte unserer jungen Künstlerinnen werden, und wir alle möglicherweise zu Zeugen und Wegbegleitern neuer leuchtender Sterne am

Firmament der internationalen Kunstszene. Heben wir also unsere Gläser an die Lippen und trinken wir auf das süße Leben und die große Freiheit unter uns Freunden der Kunst!≪

Nachdem die große, schlanke Frau auch selbst an ihrem Wein genippt hatte, reichte sie das Glas der Assistentin, schlang ihre Arme um die beiden neben ihr stehenden Vertreterinnen der Bildenden Kunst und zog sie mit sich auf die ausgestellten Werke ihrer Schützlinge zu, gefolgt von einem Pulk neugierig gemachter Gäste, während gleich mehrere Mädchen in schwarzen Röcken und weißen Blusen mit Tabletts voll venezianischer Fingerfood-Teilchen erschienen.

≫Wow, echt ein heftiger Hype um diese Mädels!≪ Leon zog beeindruckt die Augenbrauen hoch. ≫Dabei sind die doch alle erst so Mitte zwanzig, oder?≪

≫Sieht so aus≪, erwiderte Vic lächelnd. In Leon war offenbar ein wenig Interesse geweckt, was ihn für den Moment von seinem persönlichen Katzenjammer ablenken würde. ≫Dann sollten wir uns diese Wunderwerke der Kunst wohl auch mal anschauen!≪

Drittes Kapitel

Auf dem Weg in den Ausstellungsbereich kreuzte ein Mädchen mit Cicchetti ihren Weg. Vic nahm sich eines mit Baccalà mantecato, dem typisch venezianischen Stockfischmus, während Leon verschämt grinsend gleich vier mit Salami belegte Brote übereinanderstapelte und, als sich das Mädchen mit ihrem Tablett entfernte, in die Hocke ging, um seine Beute mit Hugo zu teilen.

Dann standen sie vor dem ersten Kunstwerk, das sie möglicherweise gar nicht für ein solches gehalten hätten, wäre da nicht ein kleines Schild mit dem Namen der Künstlerin, eben dieser Lene Lax, und dem Titel des Werkes, *Unsterbliche Remis-Partie*, gewesen. Es klebte an der Seite einer weißen Stele, auf der ein naturhölzernes Schachbrett mit begonnener Partie platziert war.

≫Und wieso stehen da jetzt nur weiße Schachfiguren? Kann doch irgendwie nicht sein, weil da sind noch zwei Könige und zwei Damen im Spiel≪, wunderte sich Leon.

Vic zog ebenso verständnislos die Schultern hoch.

≫Und was ist daran jetzt Kunst?≪, setzte Leon nach.

≫Vermutlich, dass es eben nur weiße Figuren sind, nehme ich mal an≪, erwiderte Vic.

≫Ja, und? Was macht das für einen Sinn?≪

≫Vielleicht einfach, dass du dich wunderst≪, murmelte Vic schmunzelnd und bediente sich noch einmal von einer Cicchetti-Platte.

≫Also, zu dem da drüben kann ich dir sogar etwas sagen≪, meinte er, als sie ein paar Schritte weiter auf eine ebenfalls auf einer Stele ausgestellte kleine Gips-Skulptur stießen. ≫Das hat definitiv etwas mit einer berühmten Werkserie von Jeff Koons zu tun. Dieser wie aus einem Luftballonschlauch geformte, pudelartige Hund ist im Original aus spiegelndem Chromstahl gefertigt, aber ohne so eine kriegerische Amazone, wie sie ihn hier reitet. Und es gibt diese *Balloon dogs* von dem berühmten Pop-

32

Künstler in verschiedenen Farben und in der beeindruckenden Größe von etwa drei mal drei Metern. So einer hat vor ein paar Jahren auf einer Auktion mit über achtundfünfzig Millionen US-Dollar den bisher höchsten Preis aller Zeiten für die Skulptur eines lebenden Künstlers gebracht.«

»Achtundfünfzig Millionen Dollar?!« Leon stockte der Atem.

»Tja, in der Kunst geht es auch um sehr viel Geld. Und in der Bildenden Kunst können nicht nur Künstler, sondern auch Händler und Sammler mit ein paar Leinwänden, Skulpturen, Videos oder was es da sonst noch so gibt, innerhalb weniger Jahre ein Vermögen machen. Vorausgesetzt, sie setzen aufs richtige Pferd. Für Gemälde lebender Top-Künstler werden heute bei Versteigerungen Preise bis knapp unter die hundert Millionen Dollar erzielt, für Klassiker wie Picasso, Bacon oder Modigliani noch weit mehr. Ein Bild von Leonardo da Vinci schaffte es sogar auf vierhundertfünfzig Millionen«, ergänzte Vic und wandte sich wieder der kleinen Skulptur auf der Stele zu. »Und diese Amazone da oben drauf ist vielleicht so etwas wie ein kritischer Kommentar aus der feministischen Ecke. Koons produzierte nämlich in seinen künstlerischen Anfängen einiges zusammen mit einer ehemaligen Pornodarstellerin. Und diese Werke waren dann ziemlich nahe an dem, was die Dame zuvor professionell so gemacht hatte. Und das sorgte damals, das war Anfang der 1990er Jahre, noch für ziemlichen Wirbel.«

»Also, ich glaube, ich sollte mich mal ein bisschen mehr um die Kunst kümmern«, murmelte Leon beeindruckt, und Vic ahnte, dass sein Sohn mal wieder dabei war, ein neues Geschäftsfeld für sich zu entdecken. Wobei Leon sich kaum bewusst war, in welche Höhle der Löwen er sich da begeben würde und dass dies eine ganz andere Nummer wäre, als die locker flockige Bloggerei zusammen mit seiner Ex. Aber ihm das klarzumachen, dafür wäre immer noch Zeit. Jetzt war es erst mal eine gute Sache, dass er einen Hauch von neuer Perspektive atmete.

»Oh, sorry!« Ein junger Mann hatte Leon angerempelt, der ärgerlich die Tropfen des vergossenen Weins von seiner Hand schüttelte und damit versehentlich auf Hugo, woraufhin der ein kurzes Bellen von sich gab.

»Pscht, Hugo!«, zischte Leon und dann sagte er etwas unwirsch zu dem Typen: »It's okay, no problem.«

»Tut mir wirklich leid«, gab der junge Bursche jetzt mit leicht übertriebener Betonung und grinsend in Deutsch mit amerikanischem Akzent zurück.

»Sie sind auch Künstler?«, warf Vic ein, um die Situation zu entkrampfen.

Mit seiner Hose aus grobem braunem Tweed an ledernen Hosenträgern über einem dunkelgelben Hemd mit braunen Längsstreifen schien ihm das Outfit des jungen Mannes in das bekannte Muster der individuellen Exaltiertheit von Künstlern zu passen.

»Nein, nein. Mein Name ist Brandon Whitman. Und, auch nein, ich bin nicht der Sohn, sondern ein Neffe von Elle.«

»Elle?«

»Ah, Sie sind noch nicht lange in Venedig, oder?«

»Zugegeben, Sie haben recht.« Vic fragte sich, wie es diesem jungen Kerl, nicht viel älter als sein Sohn, in kürzester Zeit gelungen war, ihn leicht aus der Fassung zu bringen.

»Alle kennen sie hier, also alle, die von nur annähernder Bedeutung sind in diesem Provinznest, das allerdings in Sachen Hochfinanz und Kunst zuweilen zum Nabel der Welt mutiert. Und alle kennen sie hier als *Elle*.«

»Sie heißt Eleanor mit Vornamen, nicht wahr? Also eine Abkürzung, nehme ich an«, versuchte Vic seine Souveränität zurückzugewinnen.

»No«, entgegnete dieser Brandon mit gespitzten Lippen. »Als sie meinen Onkel vor zehn Jahren in Paris kennenlernte – da hieß sie übrigens noch ganz teutonisch *Eleonore* – machte sie ihm gleich klar, dass sie the one and only, die absolut einzige, oder sollte ich besser sagen, einzigartige Frau für ihn sein müsste. Und weil *sie* auf Französisch nun mal *elle* heißt, worauf er in ihren romantischen Techtelmechteln immer alle Superlative weiblicher

Vorzüge in der Sprache der Franzosen durchzudeklinieren hatte, ist es eben bei *Elle* geblieben.«

Ziemlich respektlos, wie dieser Knabe über Onkel und Tante redet, dachte Vic und suchte nach einer Möglichkeit, ihn möglichst bald abzuschütteln.

»Wir wollten uns gerade noch die anderen Arbeiten der Stipendiatinnen anschauen«, sagte er deshalb betont höflich, aber entschieden und drängte Leon ein Stück weiter zu einer dritten Stele.

Darauf diesmal kleine, wie für die Umgebung einer Modelleisenbahn geschaffene Figürchen in blauen und roten Overalls, alle mit Leitern, entweder eine auf der Schulter oder zu zweit tragend oder auf eine hinaufsteigend oder daran lehnend. Und alle waren sie so raffiniert ineinandergesteckt, dass es eine turmartige Skulptur mit imposant gewagter, aber erstaunlicherweise funktionierender Statik ergab.

»Eine Anspielung auf die Serie *Equilibres* des Schweizer Künstlerduos Fischli & Weiss«, kommentierte Brandon souverän über Vics Schulter hinweg. Sie waren ihn also immer noch nicht los!

»Wie kommt es eigentlich, dass Ihre Tante und Sie so gut Deutsch sprechen?«

»Elle stammt aus Deutschland. Und ich hatte das zweifelhafte Vergnügen, dort ein paar Jahre aufs Internat zu gehen.«

Vic entdeckte erst jetzt das junge Mädchen an Brandons Seite.

»Darf ich vorstellen? Zoe, from America like me. Wir haben uns vor ein paar Tagen in Rom kennengelernt«, verriet er und zog sie enger an sich.

»Dann sollten wir uns jetzt wohl auch mal vorstellen. Victor von Ploetzwitz. Und mein Sohn Leon. Wir sind in Vertretung von Signor Bembolo hier, der einer Stipendiatin ein Atelier zur Verfügung stellt.«

»Okay«, meinte Brandon nur knapp und schlang blitzschnell seinen freien Arm wie ein Krake um eines der Servicemädchen, das gerade vorbeilief und größte Mühe hatte, bei dieser überfallartigen Attacke die Getränke auf ihrem Tablett aufrecht zu halten.

»Auch ein Gläschen?« Brandon wartete nicht auf Antwort, sondern griff nach gefüllten Weingläsern und verteilte sie in die Runde.

Dann brachte er sein Glas an dem von Vic zum Klingen. »Man sollte immer da sein, wo sich Wasser unerschöpflich in Wein verwandelt. Davon träumten auch die Künstler zu allen Zeiten wie man da drüben einmal mehr sehen kann.«

Er deutete auf ein weiteres Kunstwerk, diesmal ein mit Spiegelfolie ausgeschlagenes Diorama, eine Art Schaukasten, in dem einige Figürchen sich wie in einer antiken Puppenstube bei Wein und südländischen Spezereien um einen in die Diagonale gestellten Tisch gruppiert vergnügten. Dabei schien die romantische Ausstrahlung der Szenerie durch das Plastik des Materials von Puppen und Requisiten irgendwie gestört. Eine bewusste Brechung, konstatierte Vic, ein künstlerischer Verfremdungseffekt.

»Erinnert mich ebenfalls an ein bekanntes Kunstwerk«, murmelte er, kam aber nicht darauf, welches es gewesen sein mochte.

»Renoirs *Frühstück der Ruderer*«, hatte dieses vorlaute Bürschchen erstaunlicherweise auch dieses Mal wieder spontan die kunsthistorisch plausible Zuordnung parat.

»Sie haben sich offensichtlich schon eingehend mit dieser Ausstellung vertraut gemacht.« Vic spürte, wie sein tiefergelegtes Ego darauf lauerte, diesen überheblichen Knaben auszuhebeln, um seine angekratzte Ehre als durchaus in der Kunst ebenfalls recht bewanderter Zeitgenosse wieder aufzupolieren.

»Bin gerade erst von meinem Trip nach Rom zurückgekehrt und hier nur mal kurz reingeschneit, weil Tantchen darauf bestanden hat. Haben Sie Elle überhaupt schon persönlich kennengelernt?«

Vic schüttelte den Kopf.

36

»Moment!« Brandon machte einen langen Hals und sah sich suchend um. Dann tauchte er in der Menge ab, um kurz darauf in Begleitung seiner Tante und einem ihr folgenden Grüppchen wieder vor ihm zu erscheinen.

»Ah, freut mich sehr, Ihre Bekanntschaft zu machen, Signore!«, begrüßte ihn Mrs Whitman überschwänglich. »Was für ein Glück, dass Sie uns mit dem Atelier behilflich sein werden. Und das ist ihr Schützling: Patrizia Riemann!« Sie zog die junge Künstlerin in der gelben Jacke, die ihren zarten Oberkörper wie von einem aufgepumpten Luftballon umhüllt erscheinen ließ, an ihre Seite, und Vic begrüßte sie mit Handschlag. »Aber Sie waren gerade bei dieser Installation von Lene Lax? Auch eine wirklich interessante Arbeit, nicht wahr?«

»Ja, sehr interessant. Und Ihr Neffe hat uns freundlicherweise auch schon auf das Gemälde von Renoir aufmerksam gemacht, auf das dieses Werk Bezug nimmt«, erwiderte Vic und fragte sich, warum er diesen Schnösel jetzt auch noch vor seiner Tante herauslobte.

»Aber das ist noch nicht die ganze Geschichte. Brandon, hast du etwa unterschlagen, auch Veronese zu erwähnen?« Sie warf ihrem Neffen einen tadelnden Blick zu, was Vic aber eher wie eine kleine Showeinlage vorkam. »Schon Renoirs impressionistisches Gemälde ist eine von zahlreichen ikonographischen Variationen eines Bildes, das im sechzehnten Jahrhundert hier in Venedig entstand. Es ist Veroneses *Hochzeit von Kana*, das er für die Rückwand des Refektoriums im Kloster von San Giorgio Maggiore schuf. Es ist die Darstellung eines großartigen Festes, bei dem Jesus im Überfluss Wasser in Wein verwandelt«, erzählte Elle, und Vic spürte, dass sie sich dabei fühlte wie ein Fisch im Wasser, zumal ihr auch alle Umstehenden an den Lippen hingen.

»Dann sollte man sich das wohl auch einmal ansehen, wenn man schon in Venedig ist«, erwiderte Vic, um der Gastgeberin eine weitere Vorlage für ihr offensichtliches Lieblingsthema zu liefern, die sie auch begierig aufgriff.

≫Zum Glück kann man das heute wieder, wenn auch nur als Faksimile. Das Original wurde Opfer der Kunstraubzüge Napoleons und befindet sich seit mehr als zweihundert Jahren im Louvre. Aber da bringen Sie mich auf eine Idee! Ich pflege immer ein paar Ausflüge mit unseren Stipendiaten zu unternehmen. Da wäre angesichts dieser Arbeit von Lene Lax doch auch eine Fahrt nach San Giorgio eine gute Idee. Vielleicht haben Sie Lust, uns zu begleiten?≪

≫Sehr gerne≪, antwortete Vic höflich, auch wenn er es eigentlich gar nicht schätzte, in einem Pulk von Leuten auf Kunstentdeckung zu gehen.

≫Wir werden auch noch andere Ziele haben. Den Dogenpalast natürlich, die Basilica dei Frari, die Ca' Rezzonico, das Museo Correr und last but not least auf jeden Fall immer auch die Galleria dell'Accademia. Wie inspirierend Werke alter Meister auch für Künstler der Gegenwart noch sein können, hat doch gerade erst wieder der große Georg Baselitz mit seinem Bekenntnis zur intimen Verbundenheit mit der Malerei der italienischen Renaissance zum Ausdruck gebracht≪, sprudelte es weiter aus Elle hervor. ≫Auch bei diesen Exkursionen sind Sie uns stets willkommen, gehören Sie doch als Mentor unserer Pat nun zum engeren Kreis.≪

≫Oh, vielen Dank≪, beeilte sich Vic zu erwidern, wobei es ihm langsam überbordend zu werden drohte. Denn so interessant das alles sein mochte, er hatte wirklich anderes zu tun und wollte dafür nicht nur seine Zeit, sondern auch seinen Kopf freihalten. ≫Ich bin hier natürlich auch selbst schon hinsichtlich der großen venezianischen Maler unterwegs gewesen≪, versuchte er sich aus der immer enger werdenden Schlinge zu ziehen.

≫Und wo ist Ihnen das Herz besonders aufgegangen?≪, hakte Elle nach, und Vic ahnte, das Gegenteil des Beabsichtigten provoziert zu haben.

≫Die vielen bedeutenden Werke von Tintoretto in der Chiesa Madonna dell'Orto zum Beispiel. Ich mag diesen Maler ganz besonders.≪

»Da haben Sie mir jetzt noch ein Stichwort gegeben.« Elle schien geradezu begeistert. »Neben der Scuola Grande di San Rocco ist diese Kirche schließlich der wichtigste Ort, um Tintoretto in Venedig zu begegnen. Und so leidenschaftlich, wie Sie für diesen großen venezianischen Meister einstehen, wären Sie doch geradezu prädestiniert, unsere jungen Künstlerinnen dorthin zu führen. Ließe sich das wohl einrichten? Ich würde Sie einfach morgen mal anläuten, um herauszufinden, welcher Termin für alle Beteiligten passen könnte, also, wenn es Ihnen recht ist. – Ah, Mr Gortschew, let's have a word!« Mrs Whitman hatte sich ganz plötzlich abgewandt und an die Seite eines Mannes mit graumeliertem Vollbart und wirrem Haar gesellt, der gerade vorbeilief und sie nun erst mit einem prüfenden Blick über seine auf die Nasenspitze heruntergeschobene Halbbrille zur Kenntnis nahm.

»Was Christian Millau für die Nouvelle Cuisine war, ist Max Gortschew für die internationale Contemporary-Szene. Er schreibt für das amerikanische Kunst-Magazin *White Cube*«, warf Brandon leise ein und legte seinen Arm um Zoes Schultern. »Wir ziehen dann auch mal weiter.«

Für einen Moment standen sich die Verbliebenen, Leon und Vic auf der einen Seite und diese Patrizia in Begleitung zweier Herren und einer Dame auf der anderen, ein wenig betreten gegenüber, bis Vic das Eis brach.

»Wann möchten Sie das Atelier denn übernehmen?«

»Wenn es ginge, gerne schon morgen«, antwortete die Stipendiatin.

»Wie wäre es mit zehn Uhr?«, schlug Vic vor und übergab ihr einen Zettel mit Adresse und Wegbeschreibung, den er vorbereitet hatte.

»Dankeschön«, erwiderte sie brav und steckte den Zettel in die Jackentasche.

»Da möchten wir uns als Eltern mit unserem Dank gern anschließen«, setzte der ältere der beiden Männer verbindlich lächelnd hinzu.

≫Unbedingt≪, ergänzte die Frau, die Patrizias Mutter sein musste und ebenso wie ihr Gatte langweilig konventionell in mattes Grau-Blau gekleidet war, womit sie in dieser illustren, exklusiv mondän gekleideten Gesellschaft paradoxerweise gerade herausstachen. ≫Also, wir haben vor einigen Jahren auch eine historische Villa übernommen, Jugendstil, in Wiesbaden. Wir wissen also aus eigener Erfahrung um den immensen Aufwand, ein denkmalgeschütztes Haus zu erhalten. Da gibt es nie ein Ende, dazu muss man erst einmal bereit sein und es sich natürlich auch leisten können. Und hier in Venedig soll das ja noch viel mehr Einsatz erfordern.≪

≫Da haben Sie völlig recht, gnädige Frau≪, bekräftigte Vic höflich. ≫Nicht nur, dass, wie überall am Meer, die feuchte, salzhaltige Luft an den Fassaden nagt. Hier sind viele Häuser außergewöhnlich alt und zudem ohnehin aus weniger robustem Material erbaut. Gemauert sind sie aus hohlen Backsteinen, um den Druck der mächtigen Gebäude auf die Pfähle zu verringern, die in den weichen Lagunenboden gerammt wurden, um sie zu stabilisieren. Und nicht zu vergessen, die Folgen der Über-schwemmungen durch Hochwasser, die Mauerwerk und Böden auch noch von innen angegriffen haben.≪

≫Die Leute machen sich doch heute gar keine Vorstellung mehr davon, was unsereiner an Einsatz leistet, um wertvolle Bausubstanz zu erhalten≪, fuhr Frau Riemann seufzend fort. ≫Aber wem sage ich das! Solide Elite ist nur leider selten ge-worden, nicht wahr?≪

≫Haben Sie auch mit Kunst zu tun?≪, fragte Vic ausweichend, dem der überhebliche Ton dieser Frau wenig gefiel.

≫Nein, nein. Wir sind beruflich ganz anders gelagert. Mein Mann ist Jurist, also nicht nur Anwalt, auch Notar und Professor. Darüber haben wir Herrn Postblau kennengelernt.≪ Sie deutete auf den anderen Mann neben sich, der nun mit Vic ein Kopf-nicken austauschte. ≫Ein Name, der in der Kunst schon lange großgeschrieben wird. Aber was sage ich? Sie werden ihn sicher kennen. Mein Mann hat ihn über die Jahre immer mal wieder in

Vertragsangelegenheiten vertreten. Er hat das Talent unserer Tochter schon früh erkannt und ist seither ihr künstlerischer Mentor, nachdem er auch uns davon überzeugte, dass sie ihren Weg in der Kunst machen wird. Und wir halten es da nun ganz mit Rose Kennedy, als ihr Sohn John F. in die Politik strebte: Vermögend sind wir bereits, also mag er nun den Namen der Familie unsterblich machen."

Das von Vic erwartete Augenzwinkern an dieser Stelle blieb aus. Stattdessen musste Frau Riemann noch darauf hinweisen, dass selbstverständlich auch sie eine akademische Ausbildung absolviert hatte und dann nur durch einen bösen Kollegen wegen der Schwangerschaft mit ihrer Tochter während der Habilitation auf ihrem Gebiet – einem besonders anspruchsvollen natürlich, der Biochemie – um ihre wissenschaftliche Laufbahn gebracht worden wäre und wie ausgesprochen angenehm ihnen Venedig sei, könne man sich doch hier noch unter Seinesgleichen bewegen, unter Menschen denen Intellektualität, Stil, Klasse und selbstverständlich auch Besitz etwas bedeuteten.

≫Es ist wirklich angenehm, unsere Tochter mit dem Atelier in Ihrem Palazzo zu wissen.≪

≫Also, mein Palazzo ist es leider nicht, aber ich richte Ihren Dank gerne aus.≪

≫Ach, Sie sind gar nicht der Eigentümer?≪

≫Nein, gnädige Frau, ich habe nur den reizvollen Auftrag, dieses Haus neu auszustatten≪, erwiderte Vic lächelnd und konnte an Frau Riemanns Mimik ablesen, dass sie ihn soeben aus der Schublade Ebenbürtiger in die für gesellschaftlich Unbedeutende verschoben hatte, durch die man tunlichst hindurchsah. Und nach dieser blasiert konservativen Arie der selbstbeweihräuchernden Darstellung und klaren Abgrenzung war ihm auch jegliche Lust vergangen, sich als Adliger zu outen, was ihn albernerweise bei einem Charakter, wie ihn diese Frau offenbarte, sofort zurück in die Gruppe der zu hofierenden Zeitgenossen katapultiert hätte. Zum Glück aber schien zumindest Patrizia der Auftritt ihrer Mutter unangenehm gewesen zu sein. Das hatten ihre unruhigen Bewegungen verraten, und schließlich würde er nur mit ihr auskommen müssen.

≫Wir sehen uns dann morgen Vormittag≪, beschränkte sich Vic daher zu ihr zu sagen, nickte zur Verabschiedung in die Runde und wandte sich zum Gehen.

≫Was war das denn?≪, fragte Leon abfällig, als sie sich ein Stück entfernt hatten.

≫Unwichtig. Solchen Leuten ist nicht zu helfen≪, meinte Vic nur, während er den Namen *Postblau* googelte: *Ein deutscher Künstler, geboren als Stefan Lange 1970 in Bad Godesberg, Künstlername Postblau ... abstrakte Malerei ... Licht und Raum ... scheinbar ziellose Blicke ... körperhafte Farbflächen ... eine ganze Latte von Kunstpreisen, Arbeitsstipendien, Ausstellungen.*
≫Komm, lass uns noch schauen, was unsere Künstlerin so fabriziert hat, und dann gehen wir, okay?≪

Leon nickte.

≫Ich glaube, die Fotos da drüben sind von ihr.≪

Sie traten an eines der großformatigen Schwarzweißfotos heran, die an eine in Hellgrau bespannte mobile Ausstellungswand gehängt waren: Ein schweres Holzkreuz, unregelmäßig besetzt mit überdimensionierten samtenen Haarschleifen, hing schräg und bedrohlich über einem zerwühlten Eisenbett. Die Laken waren stellenweise dunkel verschmiert wie von Blut. Das Ganze in einem fensterlosen Raum zwischen kalkweißen Wänden, aufgerissen vom grellen Licht einer an der Decke montierten Leuchtstoffröhre. Das Kreuz warf sich als riesiger Schatten auf das Bett und darüber hinaus. Neben der kargen Liege in dem ansonsten leeren Raum schwebte magisch ein kleines Silbertablett in der Luft mit einem Topf Honig darauf, einem langstieligen Löffel und einem umgekippten hohen Milchglas, dessen Inhalt sich auf den hellgrauen Boden ergoss, wo er sich mit einer kleinen, dunklen Lache vermischte, das fette Weiß sich übermächtig hineinschlierend ins wässrige Rot des Blutes.

≫Ups≪, meinte Leon nur, und auch Vics Empfindungen pendelten zwischen neugieriger Erkundung und erschrockener Befremdung.

Als Nächstes ein Video: Mehrere ineinander verschachtelte Räume und Gänge aus gläsernen Wänden, labyrinthartig miteinander verwoben und wie mit einer Drohne von weit oben betrachtet. Dann zoomte die Kamera heran. Es wurde eine in kindlich anmutende Unterwäsche gekleidete junge Frau mit langem offenem Haar erkennbar. Es war die Künstlerin selbst, die in diesem Labyrinth herumirrte. Schnitt. Und nun – aus der Perspektive einer subjektiven Kamera – tastende Hände an den Glasscheiben, an denen schon viele Abdrücke von vorangegangenen Berührungen zeugten, bis sie einen Durchgang erreichten, an dem ein Flüssigkeitsspender hing mit der Aufschrift *Sterillium*. Die Hände desinfizierten sich gegenseitig, dann tasteten sie sich weiter in den nächsten Gang hinein. Schnitt. Die Kamera sprang ins Zentrum dieser transparenten und gleichzeitig undurchschaubar strukturierten Anlage. Dort stand ein Tisch, gedeckt für eine Person, mit angerichteten Speisen und einem Stapel Büchern auf der gegenüberliegenden Seite. Im Hintergrund war ins meterdicke Mauerwerk ein schlitzartiges Fenster eingelassen mit Durchblick nach draußen auf von Sonnenlicht durchwirktes Laubwerk. Schnitt. Die junge Frau begann nun, durch die Gänge zu rennen, so schnell, dass ihre Haare aufstiegen wie eine Fahne, die sie hinter sich herzog. Schnitt. Sie kauerte in einer Ecke. Schnitt. Sie krabbelte einen Gang entlang und leckte den Boden. Schnitt. ...

≫Da kriegt man ja Gänsehaut≪, murmelte Leon und wandte sich der nächsten Fotografie zu.

Ein stählerner Tisch auf Rollen wie in der Pathologie eines Fernsehkrimis, dachte Vic. Darauf eine antike Waschschüssel. Zeichen für ein Geschehen in der Vergangenheit? Und dann, neben dem Wasserbehältnis, im grellen Lichtkegel eines unsichtbaren Strahlers, lagen fünf Puppen. Nackt, die Beine nach oben abgewinkelt. Bei Zweien waren sie nach außen abgespreizt

und präsentierten so ihre angedeuteten weiblichen Geschlechts-
teile. Was sollte das jetzt sein? Ein Einblick in die Fantasien eines
Pädophilen? Oder war eine derartige Assoziation ganz seiner
männlichen Perspektive geschuldet, also doch eher unwahr-
scheinlich für die Komposition einer jungen Frau?

»Ziemlich schräges Zeug, was die so macht«, meinte Leon
und zog die Stirn kraus.

»Okay, dann lass uns mal gehen«, erwiderte Vic, der auch
nicht mehr viel Lust verspürte, sich noch mehr dieser gespens-
tischen Szenen einzuverleiben, von denen man Albträume
kriegen konnte. Oder waren sie vielleicht genau das, waren Bild
gewordene Schreckensträume? Ob sie nun das waren oder frei
erfundene künstlerische Fantasien, er würde es mit einer eigen-
tümlichen Persönlichkeit zu tun bekommen, so viel stand für Vic
jedenfalls fest. Ein warnendes Gefühl des Unbehagens überkam
ihn. Und das nicht nur wegen dieser jungen Künstlerin. Auch
dass diese Elle genau wie Signor Bembolo einfach über ihn verfügt
hatte, schmeckte ihm nicht.

»Am liebsten würde ich das Ganze abblasen. Ich habe kein
gutes Gefühl bei der Geschichte. Und mit ihren vielen Kontakten
wird diese Elle doch bestimmt noch jemand anderen finden, der
ein Atelier zur Verfügung stellen kann«, murmelte Vic.

»Hey, Papa! Das kannst du jetzt echt nicht bringen! Ich denke,
deinem Chef war das so wichtig. Außerdem bin ich dann auch
raus aus diesen Kontakten. Ich kümmere mich schon um sie. Hab
im Moment doch sowieso nichts zu tun. Ich mach das schon,
okay?«

Vic seufzte. Leon hatte recht. Wenn er jetzt einen Rückzieher
machte, dann wären alle sauer und die Seile gekappt, auch für
seinen Sohn und damit auch das Seil, an das Leon gerade erst seine
aufkeimende Zuversicht gehängt hatte.

»Dann aber wirklich, Leon! Ich kann diesen ganzen Zinnober
derzeit überhaupt nicht brauchen und schon gar nicht noch
zusätzlich irgendwelche Probleme mit schwierigen Persönlichkeiten.«

≫Ich übernehme das. Du wirst nichts, aber auch gar nichts damit zu tun haben, versprochen!≪

GEBURT DES UNGEHEUERS

Viertes Kapitel

Behutsam stieg Vic über die morschen Balken des bloßgelegten Unterbodens im obersten Stockwerk des Palazzo Bembolo und eilte die Treppe hinab. Soeben hatte sich der Holzlieferant telefonisch angekündigt. Auf den letzten Stufen angekommen, irritierte Vic der weite Schein des Tageslichts über dem Marmorboden der Eingangshalle, was nur sein konnte, wäre das Wassertor schon geöffnet.

Als er nun den Andron betrat, sah er die Flügel der Pforte tatsächlich bereits aufgeklappt und davor ein Lastschiff liegen. Dann konnte nur sein Sohn zufällig die Ankunft des Schiffes mitbekommen haben, denn er hatte ihm nichts davon erzählt. Überhaupt hatte er in der letzten Woche kaum ein Wort mit Leon gewechselt, so emsig beschäftigt war der, seit die junge Künstlerin den großen Raum im ersten Stock als ihr Atelier übernommen hatte.

Inzwischen stand Vic vor dem vertäuten Boot, das mutterseelenallein in dem vom Wind aufgewühlten Wasser wild vor sich hinschaukelte. Er beugte sich ein Stück über die Bordwand und hob die gegen den Dauerregen dieses Vormittags über die Ware geworfene Plastikplane an, während sich die Tropfen ihren Weg von seinen Haaren über den Nacken bis unter seinen Kragen bahnten. Doch da war kein einziger Holzbalken zu sehen. Was dieser Skipper geladen hatte, war in Kartons unterschiedlicher Größe verpackt. Angestrengt blinzelnd versuchte Vic, etwas von der Aufschrift der aufgeklebten Packzettel zu entziffern. *Roller Track* stand auf dem einen, *Boom* auf einem anderen, und das eine sagte Vic so wenig wie das andere. Und weiter hinten war noch *Ceiling rail system* zu lesen und *Optical reflector*. Jetzt endlich klingelte es bei ihm. Das hörte sich doch nach Equipment zum Fotografieren an, und dann wäre es mit Sicherheit eine Lieferung für seine Stipendiatin. War doch klar, dass es über kurz oder lang zu Problemen durch ihre Anwesenheit kommen würde, dachte Vic und verfluchte, seine intuitive Eingebung beiseitegeschoben zu haben. Doch gleich wie, dieses Boot musste weg und zwar schleunigst! Der Rio de San Martin war zu schmal, als dass zwei größere Boote auf gleicher Höhe liegen könnten, ohne die Durchfahrt zu blockieren. Vic zückte sein Handy.

»Leon? Wo bist du?«

»Im Atelier. Wieso fragst du?«

»Dieser Kahn hier unten muss sofort weg! Ich erwarte gleich eine Holzlieferung«, erklärte Vic hektisch.

»Ich glaube, das geht jetzt nicht so einfach«, druckste Leon herum.

»Und wieso nicht?«

»Der Typ wollte Mittagspause machen. War für mich okay, weil ich noch eine ganze Weile mit dem Aufbau der ersten entladenen Teile beschäftigt bin.«

»Ja und wo ist der jetzt?«

»In irgendeinem Bàcaro, denke ich mal.«

»Und eine Handynummer hast du auch nicht?«

»Nö, tut mir leid.«

»Hat Patrizia die vielleicht?«

»Die ist gar nicht hier. Habe sie heute auch noch nicht gesehen. Warte, ich komm mal runter!«, erwiderte Leon, während Vic nervös den Kanal in beide Richtungen hinunterspähte, bis Hugo neben ihm auftauchte und seine Nase interessiert schnuppernd in die feuchte Luft über dem Kanal reckte.

»Nein, Hugo! Denk nicht einmal dran!« Vic ahnte, was in dem kleinen Hund vorging. »Ist noch nicht Badesaison. Und in den Kanälen darf man sowieso nicht plantschen, auch du nicht. Nein, Hugo! Nein!«

Enttäuscht ließ der Terrier seinen Schwanz sinken und zog sich frustriert ein Stück von der Wasserkante zurück.

»Und was machen wir jetzt?«, fragte Leon, als nun auch er am Tor zum Kanal stand.

»Gute Frage«, seufzte Vic. »Ich denke, die Daumen drücken, dass dieser Typ bald wieder aufkreuzt. Wieso hast du diese Lieferung denn nicht mit mir abgesprochen?«

»Tut mir leid! Konnte ja nicht ahnen, dass auch du gerade jetzt etwas geliefert bekommst.«

»Genau, so etwas kann man nicht ahnen. Deshalb wäre ein bisschen Kommunikation in diesem Fall schon mal ganz sinnvoll gewesen«, meckerte Vic weiter, als er auch schon das offen mit Holz beladene Schiff aus nördlicher Richtung herankommen sah. »Und jetzt haben wir den Salat!«

Vic winkte dem Bootsmann zu und bedeutete ihm, sein Schiff längs neben das andere zu bugsieren. Der Mann in dunkelblauer Regenjacke mit mächtiger Kapuze warf zur Bekundung seines Unmuts theatral die Arme in die Luft, glitt dann aber gekonnt neben den anderen Kahn und machte sein Schiff daran fest. Nachdem er noch eine kurze Schimpftirade in einem für Vic weitgehend unverständlich genuschelten Venezianisch losgelassen hatte, packte er den ersten Balken, kletterte mir nichts, dir nichts auf die mächtig schwankende Bordwand des fremden Schiffs und streckte Leon die erste Fuhre seiner Fracht entgegen, der sie ihm, wacker dem Regen trotzend, mit einem Fuß auf der anderen Bordwand stehend, abnahm und an Vic weiterreichte.

Nach dem dritten Balken preschte ein Taxiboot mit unruhig zappelnden Wischblättern vor der Windschutzscheibe heran. Es bremste betont knapp vor den Lastkähnen, die ihm den Weg versperrten. Und wieder kam es zu einem lautstarken Schlagabtausch auf Venezianisch, bis sich der Kahn des Holztransporteurs aus der zweiten Reihe an die Hauswand vor dem anderen Boot zurückgezogen hatte. Nachdem der Taxler vorbeigezogen war, nahm er wieder seine vorherige Position ein, und wenige Minuten später war alles entladen und der Holzlieferant davongetuckert.

≫Gehst du nachher mit in die Galleria dell'Accademia?≪, fragte Leon in der Hoffnung, sein Vater würde nicht noch weiter auf ihm herumhacken.

≫Nein. Du weißt doch, dass ich Kunst nicht gern zusammen mit einer ganzen Horde anschaue. Außerdem habe ich so viel zu tun, dass ich noch nicht einmal Zeit hatte, den Palazzo Querini-Stampalia zu begutachten≪, erwiderte Vic, während er sich bemühte, einen Splitter aus seinem Daumen zu pressen. ≫Aber du gehst schon hin, oder?≪

≫Aber hallo! Ist schließlich das erste Mal, dass ich die Truppe wiedersehe. Ich meine, wozu sonst bastele ich hier tagelang für Pat herum. Die kommt doch nur mal vorbei, um zu sagen, wie sie was haben will und macht sich dann wieder vom Acker≪, antwortete Leon und wischte sich mit dem Handrücken die Nässe aus dem Gesicht. ≫Übrigens hat Mrs Whitman uns heute zum Abendessen eingeladen. Sollte dir ausrichten, dass auch ihr eingeladen seid, also Stella und du.≪

≫Und seit wann weißt du das?≪

≫Na ja, schon etwas länger, sorry! Also, das wäre dann um zwanzig Uhr im *Ristorante Trovaso*, gleich um die Ecke von dem Kunstmuseum in Dorsoduro.≪

≫Ihr werdet euch sicher über eure Eindrücke vom Besuch des Museums austauschen, und da kann ich dann doch gar nicht mitreden≪, meinte Vic zögerlich.

≫Ach komm, ist doch egal! Wird sicher ganz witzig mit denen. Und du kannst dir das Brutzeln sparen≪, versuchte Leon seinen Vater zu überreden.

≫Also gut. Dann höre ich mal, ob Stella heute von Padua heimkommt und mitgehen will. Wenn sie Lust hat, dahin essen zu gehen, bin ich auch mit dabei. Ich schick dir dann eine SMS, damit du der Dame Bescheid geben kannst≪, entschied Vic und drückte die Flügel des Wassertors wieder zu.

Zum Glück hatte es aufgehört zu regnen, als Vic am Abend mit seiner Tochter loszog.

»Hier müssen wir um die Ecke.« Stella sah vom Navi ihres Smartphones auf. »Und dann durch das Tor dahinten.«

Vic folgte ihr in einen kleinen Garten, an dessen Ende über einem Bogen der Name des Restaurants prangte, in das sie Mrs Whitman eingeladen hatte. Es lag recht versteckt und wirkte mit seiner kurzen Außenmauer so klein, dass Vic dahinter eines dieser exklusiven Minilokale der Extraklasse vermutete, in denen nur eine Handvoll Gäste Platz fand.

Doch weit gefehlt! Vor ihnen tat sich ein luftiger Speisesaal mit langen Tafeln auf, an denen nach südländischer Manier größere Gruppen munter miteinander schwatzender Gäste beieinandersaßen. Ein selten gewordenes Bild in Venedig, wo die exorbitant hohen Immobilienpreise und Mieten die Gastwirte in der Regel nötigten, ihren begrenzten Raum voll auszunutzen. Und diese besondere Atmosphäre hier schienen viele zu schätzen, denn das Lokal war gut besucht.

»Da ist Leon!« Stella hatte ihren Bruder an einem Tisch vor den Fenstern zum Innenhof entdeckt.

»Ah, Herr von Ploetzwitz«, begrüßte ihn da auch schon Mrs Whitman mit ihrer üblichen Überschwänglichkeit.

»Guten Abend, gnädige Frau! Darf ich Ihnen meine Tochter Stella vorstellen?«

»Reizend, ganz reizend! Mögen Sie sich vielleicht dorthin setzen?« Ihre Gastgeberin hatte offensichtlich vorab eine genaue Sitzordnung ausbaldowert. »Und Sie, Herr von Ploetzwitz, machen mir die Freude, sich an meine Seite zu gesellen? Isst einer von Ihnen beiden vielleicht nur vegetarisch oder vegan?«

Vic schüttelte lächelnd den Kopf, begrüßte nun auch Greta, Lene und Patrizia und fragte sich, wer wohl zudem erwartet wurde, denn noch war der Platz gegenüber seiner Tochter frei.

Aber vielleicht kam auch niemand mehr, denn der erste Gang wurde aufgetragen, ein herrlich duftendes Meeresfrüchte-Risotto. Allein Lene verzichtete darauf, der stattdessen eine Platte mit gemischten vegetarischen Vorspeisen serviert wurde. Dazu gab es einen trockenen Weißwein. Und schon war Vic mit sich und seiner Entscheidung, mitgegangen zu sein, im Reinen.

»Und? Haben Sie bereits eine venezianische Inspiration erfahren?« Mrs Whitman hatte sich Patrizia zugewandt, die, schweigend mit der Gabel in ihrem Risotto stochernd, Jagd auf die Krabben darin machte. Nun blickte sie auf, lächelte aber nur verhalten und zuckte mit der Schulter.

Mrs Whitman zog die Augenbrauen hoch. Sie schien bemüht, ihren Unmut über diese für sie offensichtlich unbefriedigende Reaktion zu überspielen.

»Und Sie, Lene?«, wandte sie sich nun der zweiten Stipendiatin zu.

»Äh, was haben Sie gefragt?« Mrs Whitman hatte Lene aus einem Gespräch mit der jungen Schriftstellerin gerissen.

»Haben Sie etwas Inspirierendes von unserem Besuch der Accademia mitnehmen können?«

»Oh, unbedingt, ja!«

Und: *oh, unbedingt ja!*, las Vic als lautlos persiflierendes Echo von Pats Lippen ab und sah, wie sie dazu auch noch verstohlen die Augen verdrehte. Doch außer ihm schien das niemand bemerkt zu haben.

»Dann verraten Sie uns doch mal ein bisschen was von Ihren Eindrücken!« Es klang, als lauerte Mrs Whitman darauf wie eine fleischfressende Muräne auf vorbeischwimmende Beute.

»Es waren diese Stoffe, die mir plötzlich ins Auge stachen.« Lenes Pupillen waren nachdenklich in die obere Ecke ihrer Augäpfel gewandert. »Schon bei Carpaccio diese üppigen Gewänder seiner Figuren. Und auf seinem Gemälde zum Abschied der Verlobten noch die Orientteppiche über den

Balkonbrüstungen des Palazzos und natürlich die markanten Segel der vielen aufgetakelten Schiffe.«

»Und hat sich dieser Gedanke dann noch mit Werken anderer Meister verbunden?«, tastete sich Mrs Whitman sachte weiter.

»Mit Pietro Longhi natürlich. Aber im Barock ergaben sich große Stoffflächen einfach schon durch die Mode. Alle setzten das zu der Zeit doch bei ihren Darstellungen der betuchten Gesellschaft in Szene.«

»*Betucht*! Dieser Begriff passt ja wie die Faust aufs Auge! Überhaupt, ein schönes Wort: *betucht*«, warf Greta lächelnd ein, als lauschte sie noch dem Klang dieses soeben entdeckten Wortes nach, was Mrs Whitman jedoch überging.

»Und sonst?«

»Diese Prägnanz von Stoffen hat mich heute auch bei früher entstandenen Werken angesprungen. Bei Paolo Veneziano zum Beispiel. Da gibt es so eine Mariendarstellung, bei der sich die Musterung der Heiligenscheine und der Gewänder zu einer Art stofflicher Grundierung verbindet. Und die wenigen unbedeckten Körperteile der Figuren, die daraus hervortreten, wirken wie aufgesetzt, wie collagiert.«

Mrs Whitman hatte Lene derart gebannt ins Visier genommen, dass inzwischen die Blicke aller erwartungsvoll auf sie gerichtet waren.

»Was ich meine, lässt sich vielleicht noch besser anhand eines Bildes von Bellini erklären. Da gibt es doch eines, auf dem es um so ein Wunder mit einer Kreuzreliquie geht, das sich nahe der Brücke von San Lorenzo ereignet haben soll. Das Zentrum ist die Wasseroberfläche des Kanals, und drumherum scharen sich durch harten Schattenwurf und leuchtende Farben klar abgehobene Figuren. Das sind die Menschen, die diesem Wunder beiwohnen. Im Wasser aber sind noch drei völlig anders gestaltete Figuren zu sehen: Ein Mönch, der die Kreuzreliquie trägt und zwei weitere Gestalten, die zu schwimmen scheinen. Diesen

Figuren fehlt die Dimension der Tiefe völlig, sie sind nahezu transparent gemalt. Sie verschmelzen mit der Oberfläche des Wassers, überwinden die Grenze ihrer Körperlichkeit, scheinen mit dem universell Stofflichen zu verschmelzen, werden zu ätherischen Wesen.«

Spätestens jetzt bereute Vic, nicht mit auf den Ausflug in die Galleria dell'Accademia gegangen zu sein. Denn er konnte als Einziger in dieser Runde nicht konkret nachvollziehen, was die junge Künstlerin da gerade beschrieb.

»Und hat das in Ihren Augen etwas spezifisch Venezianisches?«, hakte Mrs Whitman nach.

»Irgendwie schon«, meinte Lene, wusste es aber wohl nicht genauer auszuführen.

»Und denken Sie, dass sich etwas davon in Ihre künstlerische Sprache übersetzen ließe?«, bohrte Elle weiter.

»Möglich. Muss ich aber erst noch weiter auf mich wirken lassen«, versuchte sich die junge Frau dem stürmischen Drängen ihrer Mäzenin nun für den Moment zu entwinden.

»Das sollten Sie unbedingt, Lene!« Und endlich löste Mrs Whitman ihre Fixierung, erhob ihr Glas und streckte es der jungen Künstlerin entgegen. »Das klingt doch schon mal gut! Cheers!«

Der Kellner kam und schenkte nun einen süffigen Roten ein. Dann wurde der zweite Gang serviert: Ein prächtiges Stück Entrecôte vom Grill, freute sich Vic, mit knackig grünem Spargel als Beilage.

»Für mich bitte *englisch*. Und dass mir da auch wirklich noch Blut fließt!«, tönte es plötzlich unvermutet über Vics Kopf hinweg. Er drehte sich um und sah den jungen amerikanischen Schnösel vom Welcome-Event mit dem Kellner reden. »Una bistecca al sangue, lo capisci?«

»Brandon, Darling!«, flötete Mrs Whitman und deutete auf den leeren Platz, den sie also ihrem Neffen vorbehalten hatte.

»Na, liebes Tantchen, hast du schon wieder fleißig allen Löcher in den Bauch gefragt?« Brandon zog seinen Stuhl zurück und setzte sich.

Vic vernahm ein leises, unwilliges Zungenschnalzen seiner Tischnachbarin.

»Wieso kommst du eigentlich erst jetzt?«, fragte die Tante dann aber sanft, und Vic fand es bemerkenswert, wie diese Frau es wieder schaffte, ihre wahren Emotionen im Zaum zu halten.

»Ich habe Zoe zum Flughafen gebracht. Ist ja auf Europatour und fliegt heute weiter nach London. Hab das Boot mal um die Ecke geparkt. Dachte, wir könnten nachher noch eine kleine Spritztour machen. Also, muss dann natürlich nicht unbedingt *Spritz* sein, da gibt's definitiv auch was Schärferes.« Auf Brandons Gesicht zog dieses feist selbstzufriedene Grinsen auf. Er schien dem Genuss nachzuschmecken, mit seinem spontanen Wortspielchen wieder mal unter Beweis gestellt zu haben, wie außergewöhnlich smart er doch war.

»Gute Idee, Brandon! Und um auf deine Frage zurückzukommen: Ja. Nur Pat war noch nicht in der Stimmung, etwas preiszugeben«, nahm seine Tante den Faden ihrer Gesprächsstrategie wieder auf und warf der Schweigsamen einen deutlichen Seitenblick zu, während Vic einen verwundert fragenden Ausdruck von Greta auffing. Fand sie es nicht in Ordnung, dass Mrs Whitman Patrizia derart penetrant bedrängte? Oder fühlte sie sich übergangen?

»Aber vielleicht ist sie jetzt in der richtigen Stimmung?«, ergänzte Mrs Whitman herausfordernd und zog damit alle Augen auf Patrizia, die, aus ihrer Tagträumerei gerissen, erschrocken aufsah, während sich ihre Wangen leicht rötlich verfärbten.

»Ich kommentiere meine Arbeiten nicht. Niemals!«, erklärte sie dann aber unerwartet entschieden.

»Das ist natürlich eine legitime Haltung«, erwiderte Mrs Whitman ruhig. »Und ich wäre die Letzte, die das nicht zu respektieren wüsste. Aber hier geht es doch nur darum, sich darüber auszutauschen, was jeden einzelnen von uns in der Accademia in besonderer Weise angesprochen hat. Oder gab es da etwa überhaupt nichts Derartiges für Sie, Pat? Das kann ich einfach nicht glauben.≪

Und wieder zuckte Pat nur mit der Schulter. Aber sie schien jetzt doch zu überlegen.

≫Da Sie einige meiner Arbeiten kennen, wird es Sie nicht überraschen, welche Bilder es waren≪, begann sie, nun doch etwas herauszulassen. ≫Für mich war es einmal dieser meditierende Jüngling von Domenico Fetti und dann das Porträt des Heiligen Romuald als alter Mann von Karl Johann Loth.≪

≫Beides Figuren, die über Totenschädeln sinnieren, also zwei Vanitas-Bilder≪, resümierte der vorlaute Schlaumeier vom Dienst, Brandon. ≫Tja, was will uns denn das sagen?≪

≫Das will überhaupt nichts sagen≪, konterte Pat bemüht sachlich, wobei Vic ein erzürntes Blitzen ihrer Augen nicht verborgen blieb. ≫Wir reden hier nicht über mich! Ich dachte, das wäre klar! Im Übrigen ist nur der *Fetti* ein echtes Vanitas-Bild. Der *Loth* ist aus den 1770er Jahren, da hatten Totenschädel schon eine ganz andere Bedeutung.≪

Offensichtlich erstaunt über diesen kunsthistorisch fundierten Gegenwind, zog Brandon die Augenbrauen hoch, schien aber noch unschlüssig, ob er seinem Impuls nachgeben sollte, es mit ihr aufzunehmen.

≫Sind eigentlich beide Gemälde in Venedig entstanden?≪, ging nun Mrs Whitman dazwischen und nahm Brandon damit die Entscheidung ab. ≫Ich meine, Fetti war wohl Venezianer, aber Loth?≪

≫Moment.≪ Brandon suchte mit Blick auf das Display seines Smartphones nach einer Antwort. ≫Fetti war gebürtiger Römer, Loth stammte aus München. Aber beide siedelten nach Venedig über und haben diese Werke mit ziemlicher Sicherheit hier gemalt.«

»Interessant, interessant«, murmelte seine Tante und wandte sich wieder Pat zu. »Also ist es das Morbide, das Sie fasziniert?«

»Das Morbide? Eher weniger. *Morbide*, wie das schon klingt! So nach lustvoller Dekadenz«, antwortete sie mit leichter Verächtlichkeit, und alle warteten auf eine nähere Ausführung. Doch es kam nur ein langer Gedankenstrich, bis sich Brandon entschloss, in diese Bresche zu schlagen.

»Hier geht es um den wahren Tod, um den Sensenmann, der jedem menschlichen Wesen von Geburt an im Nacken sitzt und sein Leben bestimmt. Es geht um das Leben im Angesicht des Todes!«, ergänzte er mit steigendem Pathos und wandte sich dann überraschend an Stella: »Und wie nutzen wir die begrenzte Zeit auf Erden?«

»Keine Ahnung, wie du sie nutzt. Ich für meinen Teil bin ganz zufrieden, wie's bei mir läuft«, konterte Stella gelassen. »Im Moment studiere ich Biologie in Padua und dann mach ich meinen Master in Meeresbiologie.«

»Wow, das sind ja hehre Ziele!«, entgegnete Brandon und schob sich das letzte Stück seines bluttriefenden Steaks in den Mund. »Die meisten Leute machen sich doch gar nicht klar, dass einem jeden Moment ein Ziegel auf den Kopf fallen oder irgendein Irrer ein Messer in den Rücken rammen könnte und aus die Maus. Die meisten leben doch einfach so dahin, als hätten sie bei ihrer Geburt eine Garantie dazugebucht, mindestens das Durchschnittsalter von um die Fünfundachtzig zu erreichen.«

»Dann solltest du vielleicht Pfarrer werden, um den Menschen ins Gewissen zu reden«, erwiderte Stella.

»Um ihnen zu predigen, dass sie sich ranhalten sollten, ihr Leben zu genießen? Da hätte ich eine bessere Idee. Ich schraube so einen Totenschädel als Galionsfigur an den Bug unseres Bootes«, entgegnete Brandon mit süffisantem Lächeln, das wieder mal ahnen ließ, wie sehr er es liebte, sich selbst an der Güte seiner außergewöhnlichen Gedanken zu berauschen. »Ein auf den Kanälen Venedigs wandelndes Vanitas-Symbol, das wär's doch! Und so ganz venezianisch, liebe Tante, wo die Vergänglichkeit doch geradezu wesensmäßig mit dieser untergehenden Stadt verbunden ist. Nur, wo sollte man so einen Schädel herbekommen? Was meinst du, Stella? Ihr seziert doch bestimmt auch, oder? Schon mal eine menschliche Leiche aufgeschlitzt? Oder prokelt ihr in Padua bloß an Froschaugen rum?«

»Meine Uni hat sogar einen der ersten richtigen Lehrsäle für Anatomie, so mit aufsteigenden Rängen und hochfahrbarem Seziertisch! Und das schon seit der Zeit, als deine amerikanischen Vorfahren gerade mal mit ihren Planwagen durch die Prärie gehoppelt sind.« Stella verteidigte das Ansehen ihrer Uni mit einer Inbrunst, dass es Vic warm ums Herz wurde. Sie fühlte sich also schon tief verbunden mit ihrer neuen Umgebung.

»Da müsste dann doch leicht so ein Schädel für mich abfallen«, trieb Brandon sein makabres Spielchen noch weiter.

»Über mich kriegst du den bestimmt nicht!«, wehrte Stella empört ab.

»Willst du über Leichen gehen, wandele durch Venedig!«, schaltete sich nun Vic schäkernd ein, um Stella aus der Schusslinie zu nehmen. »Hochgerechnet dürfte über die mehr als tausendjährige Existenz dieser Stadt rund eine halbe Milliarde Menschen hier verstorben sein. Früher verscharrten sie ihre Toten sogar unter dem Pflaster der Gassen, weil die Friedhöfe nie ausreichten. Und heute herrscht auf San Michele noch der gleiche Platzmangel für die Toten wie in der engen Altstadt für die Lebenden. Da werden die Gräber schon nach wenigen Jahren wieder ausgehoben und neu belegt und die Überreste in Beinhäuser am Rande des Friedhofs geschafft. Und wenn die dann mal voll sind, werden sie weiter nach Sant'Ariano verschifft, eine einsame Insel nahe Torcello. Da sollen menschliche Knochen meterhoch aufgetürmt liegen, hab ich mal gehört.«

»Ein Grund mehr, mit seinem zweitbesten Stück als aufrüttelnde Galionsfigur zu dienen, wenn man mal tot ist, oder? Ist jedenfalls besser, als sich nutzlos in der Erde vergraben zu lassen und dann auch nur vorläufig. Ist doch regelrechte Verschwendung!«, entgegnete Brandon grinsend und richtete seinen Blick wieder auf Stella. »Also gerade Tierschützer wie du müssten sich doch mal die Frage stellen, wieso eigentlich Tierknochen zu Seife verarbeitet werden, ohne dass irgendwer etwas dagegen einzuwenden hat, während die immer größer werdende Masse menschlicher Überreste ungenutzt nur die Umwelt belastet. Ist doch irgendwie anachronistisch! Also, früher haben arme Leute hier aus menschlichen Knochen Knöpfe geschnitzt. Dafür haben sie die Leichenteile in Körben im Kanalwasser versenkt, und die mit der nächsten Flut eingeschwemmten Meerestierchen haben sie dann sauber abgeknabbert. Sollte man in Zeiten des Klimawandels doch dringend mal wieder drüber nachdenken, so als nachhaltige Entsorgung in Kombination mit einer natürlich nachwachsenden Ressource, oder?«

Zum Glück wurde in diesem Moment die Nachspeise aufgetragen, eine herrliche Crema Catalana, Zuckerschock pur, was Vic nach dieser makabren Einlage sehr gelegen kam.

»Lene, was ich Sie noch zu ihrer Installation mit den Schachfiguren fragen wollte«, nutzte Vic die Unterbrechung, um das Gespräch auf ein anderes Thema zu lenken. Er hatte all seinen Mut zusammennehmen müssen, um die Künstlerin nach einer Erklärung ihres Werkes zu fragen. Denn die meisten Künstler hielten es wie Pat und fanden so etwas naiv oder zumindest reichlich daneben. »Ich habe mich gefragt, was für eine Bedeutung es haben könnte, dass die Partie nur aus weißen Figuren gesetzt ist. Oder hat das rein ästhetische Gründe?«

»Erinnern Sie sich an den Titel des Werkes«, gab Lene unerwartet freundlich und offen zurück.

»Tut mir leid, nein.«

»Der Titel lautet: *Unsterbliche Remis-Partie*. Im Ursprung bezeichnete das eine Ende des neunzehnten Jahrhunderts in Wien gespielte Schachpartie. Dabei wurde mit einer bis dahin nicht gekannten Strategie versucht, den Gegner durch spektakuläre Opfer schachmatt zu setzen. Hat aber nicht funktioniert. Denn nachdem Schwarz, wie geplant, viele seiner Figuren geopfert hatte, um den weißen König über das ganze Brett ins eigene Lager zu jagen, musste der Angreifer feststellen, dass er mit den Figuren, die ihm noch geblieben waren, nur noch Remis durch Dauerschach erreichen konnte.«

»Interessant«, befand Vic. »Aber bei Ihrer Installation gab es keine einzige schwarze Figur mehr, dafür aber irritierenderweise noch zwei weiße Könige und zwei weiße Damen.«

»Auch wenn man dem Ursprung des Schachspiels eine Gutmenschen-Legende angedichtet hat, nämlich dass einem König mit diesem Spiel einsichtig gemacht werden sollte, wie abhängig sein feudales Leben von der Arbeit der Bauern war, bleibt es in Wahrheit doch ein Schlachtfeld, auf dem sich zwei Truppen gnadenlos bekriegen«, fuhr Lene mit ihrer Erläuterung fort. »Und weil die damals alle in Rüstungen steckten, erfanden sie farbige Wappen für ihre Schilde. Die waren einzig dafür gedacht, den Kämpfenden anzuzeigen, wer in einem Gemetzel überhaupt Freund oder wer Feind war, also auf wen sie eigentlich eindreschen sollten. Ins Schachspiel hat sich das mit den zwei verschiedenen Farben der Figuren übertragen. Es ist also eine ästhetische Qualität, die der Kriegsführung zugrunde liegt, nichts weiter als harmlose Farbe. Eigentlich wollte ich nur darauf verweisen. Aber es lässt sich natürlich auch weiterdenken, insofern ein Nichts an Farbvariation, wie es in meiner Arbeit das eintönige Weiß darstellt, jeglichen Unterschied aufheben und einen Kampf unmöglich machen würde. Oder eben zu einem verwirrt sinnlosen umeinander Herumtänzeln der Krieger und damit zu einem unendlichen Remis ohne weitere Opfer führen würde.«

Vic hatte aufmerksam zugehört und nickte beeindruckt.

≫Okay, okay. Also stellen wir uns vor: *Es ist Krieg und keiner geht hin*. Haben wir kapiert≪, blaffte nun Brandon dazwischen, bevor Vic auch nur ein Wort dazu hätte sagen können. ≫Und ich steuere mein Boot jetzt an die lange Theke von Cannaregio. Wer kommt mit?≪

Fünftes Kapitel

»Gibst du mir bitte mal die Nutella?« Stella hatte sich als Letzte an den Frühstückstisch gesetzt und kraulte nun Hugo, der sich zur Begrüßung an ihr Bein schmiegte.

Wortlos reichte Leon ihr das Glas rüber, während er weiter an seinem Cornetto knabberte.

»Und wie war's?«, fragte Vic und wendete die Eier in der Pfanne auf ihrer behelfsmäßigen Elektrokochplatte. Noch beschränkte sich der bewohnbare Teil des Palazzos auf drei notdürftig eingerichtete Räume, die später einmal der Rezeption angegliedert werden sollten.

»War super!«, nuschelte Leon versonnen, verstummte dann aber wieder.

»Was habt ihr denn so gemacht? Wart ihr im *Paradiso Perduto*? Da bin ich mal mit Magda gewesen«, versuchte Vic ein wenig Konkreteres zu erfahren.

»Keine Ahnung, wie der Laden hieß, wo wir da angelegt haben. In Cannaregio eben.«

»Die Bar war an der Fondamenta dei Ormesini«, präzisierte Stella die Auskunft ihres Bruders. »Leider weit weg von hier, sonst wäre ich mit Sicherheit früher nach Hause gegangen.«

»Warum? Was war denn?«, hakte Vic überrascht nach.

»Dieser Brandon nervt so was von!« Stella schenkte sich Kaffee aus dem kantigen Alukännchen ein.

»Wieso das jetzt?«, fragte Leon. »Weil er dich angemacht hat oder weil er dann Cora angebaggert hat?«

Stella streckte ihm angedeutet die Zunge heraus.

»Wer ist denn Cora?«, erkundigte sich Vic beschwichtigend.

»Eine Kunststudentin aus München«, erklärte Leon. »Die hat Brandon in dieser Bar aufgerissen.«

»Tja, wir vier Mädels waren wohl nicht interessant genug.«

»Ihr habt den doch bloß andauernd auflaufen lassen!«

»Wenn der nur blöde Sprüche macht!«

»Habt ihr aber auch!« Leon ließ sich von seinem Vater zwei Spiegeleier auf den Teller geben. »Und dann dieses Gezicke! Erst von Lene, weil Pat noch ein großes Atelier dazubekommen hat und sie nicht. Und dann von Greta, weil Elle ja so interessiert an Lene und Pat war, aber an ihr überhaupt nicht. Und dann von dir, als Brandon mit Cora rumgemacht hat, obwohl du die ganze Zeit doch eigentlich nur von ihm in Ruhe gelassen werden wolltest. Also, ich finde den ziemlich cool. Ich meine, Cora ist schon irgendwie was besonderes, und die hatte er nach fünf Minuten im Boot. Und blöd ist der auch nicht. Hat echt ganz schön was drauf so mit Kunst, das musst du zugeben.«

»Was besonderes, schon klar. Hab gesehen, wie du ihre zitternden Hände gehalten hast, als Brandon mit einem Affenzahn zurück nach Dorsoduro gerast ist. Und als er dann mit Vollgas vom Giudecca-Kanal unter der engen Brücke her einbiegen wollte, dachte ich nur, die Kurve kriegt der nie, gleich krachen wir voll an die Kaimauer und fliegen allesamt aus dem Boot! Der Typ ist doch total durchgeknallt!«

»Wieso? Ist doch nichts passiert!«, meinte Leon achselzuckend.

»Aber der hat doch mitgekriegt, dass wir diese Höllenfahrt irgendwann nicht mehr lustig fanden.«

»Vielleicht auch nicht. Musste schließlich immer nach vorne schauen. Und Pat, die ist doch sogar zu ihm ans Steuer vorgegangen und hat ihn noch angeheizt!«

»Das war überhaupt voll schrill! Ich meine, die ganze Zeit hockt die still da und plötzlich dreht sie voll auf! Aber die hat doch auch einen an der Waffel!«

»Bloß weil ihr anderen Mädels nicht mal ein bisschen Tempo abkönnt?«

»Ne, die ist ja wohl auch sonst reichlich schräg.«

»Ist doch normal für Künstler. Brauchen die wahrscheinlich sogar, um sich was auszudenken, das noch irgendwen vom Hocker reißt.«

»Um so etwas zu kreieren, braucht es vielleicht wirklich ein bisschen Verrücktheit«, meinte Vic versöhnlich, nachdem vor seinem inneren Auge der gekreuzigte Frosch von Martin Kippenberger aufgezogen war. »Die Kunst hat ihre Entwicklung schon häufig Menschen zu verdanken, die geltende Regeln und Grenzen in Frage stellten. Verrückt allerdings auch, dass die Welt meist erst im Nachhinein feststellte, welchem der zunächst als irre angesehenen Künstler das Einläuten eines neuen Stils zuzuschreiben war. Van Gogh zum Beispiel. Der gab der Weiterentwicklung der Kunst hin zum Expressionismus den vielleicht entscheidendsten Schub, weshalb seine Werke heute auch zu den begehrtesten überhaupt zählen. Aber sein in wild emotionsgeladene, farbige Wellen verwandelter Strich schockierte seine Zeitgenossen derart, dass er zu Lebzeiten so gut wie nichts verkaufen konnte. Und trotzdem ist er bei seiner Art zu malen geblieben, ist dann aber leider auch wirklich wahnsinnig geworden.«

»Ach so! Pat als verkapptes Genie oder wie?«, zickte Stella weiter. »Die zieht doch nur 'ne fette Show ab! Erst spielt sie die schüchterne Geheimnisvolle, um sich interessant zu machen. Dann lehnt sie sich zurück und erwartet, dass man sie unterhält. Und dann tickt sie zur Abwechslung mal so richtig aus. Und du ackerst den ganzen Tag an ihrem Kram herum, und was macht sie in der Zeit? Weißt du das überhaupt?«

»Ne, weiß ich nicht. Ist aber auch egal. Die müssen sich doch erst mal in diese Stadt einfühlen, sich inspirieren lassen, hast du doch von Elle gehört.«

»Du lässt dich von ihr ausnutzen und merkst es nicht einmal!«

»Ich mache das, weil ich das will, weil mir das Spaß macht und weil ich das für meine Pläne brauche. Weil ich sozusagen backstage bin und da Sachen mitkriege, die ein Künstler einem sonst nie verraten würde.«

»Und was zum Beispiel?«

»Also, ich werde solche Sachen mitkriegen, sobald das Atelier fertig ist und sie anfängt, ihre Ideen umzusetzen.«

»Na dann«, schnaubte Stella verächtlich.

»Sagt mal, was ist eigentlich in euch gefahren?«, ging Vic jetzt dazwischen, doch die beiden schienen ihn überhaupt nicht zu hören.

»Ich zieh dann mal los. Und die nächste Woche bleibe ich bei meinen Freunden in Padua!«, polterte Stella, sprang auf und knallte dabei ihr Messer so heftig auf den Teller, dass sich Hugo erschrocken unter den Tisch verkroch. »Diesen Haufen Irrer hier brauche ich wirklich nicht!«

»Ja, geh nur zu deinen spießigen Nerds! Und immer schön aufpassen, damit du auch ja gute Noten schreibst!«, schrie Leon seiner zur Tür eilenden Schwester noch hinterher. »Die wirst du nämlich brauchen bei der fetten Konkurrenz um die paar mies bezahlten Jobs als Meeresbiologe. Also, ich habe da definitiv andere Pläne! Und zwar ohne mir mein Leben lang für ein paar Krümel den Arsch aufzureißen!«

»Leon!«

»Ist doch wahr, Mann!«, murmelte sein Sohn. »Und ich mach mich dann auch mal wieder an die Arbeit.«

Nachdenklich schaute Vic seinem Sohn hinterher. Seine Beiden hatten sich doch immer gut verstanden! Eine so heftige Auseinandersetzung meinte er zuletzt im Streit um eine Schaufel im Sandkasten erlebt zu haben. Was aber war da jetzt gerade zwischen ihnen abgelaufen? Worum ging es hier eigentlich? Es kam Vic vor, als säßen sie inzwischen in zwei verschiedenen Buddelkisten und würden sich gegenseitig mit Sand bewerfen.

Wobei er sich fragte, ob Leon sich dabei nicht auch selbst Sand in die Augen streute, so wie er anscheinend das Leben von Künstlern als locker flockiges Dauerchillen mit ein bisschen Rumspinnen sah. Wenn er das geahnt hätte, wäre er auch deshalb besser seiner Eingebung gefolgt und hätte das Atelier für Pat abgesagt. Doch inzwischen war es fast fertig eingerichtet und damit der Zug endgültig abgefahren.

Am liebsten hätte er jetzt mit Magda darüber gesprochen, aber das konnte die Sache erfahrungsgemäß noch verkomplizieren. Mit ihrem Hang zum Schwarzsehen würde sie den zweifelhaften Einfluss der jungen Künstler vermutlich noch dramatisieren. Dabei maß vermutlich schon er selbst dem Ganzen eine völlig absurde Bedeutung zu. In Wirklichkeit rangen da doch nur zwei junge Menschen um die Anerkennung ihrer momentan recht unterschiedlichen Lebensentwürfe. Und sie taten es miteinander, eben weil sie den anderen für wichtig erachteten. Das war alles und doch eigentlich auch wieder gut so.

Vic schenkte sich noch einen Kaffee ein und begann mit der Vorbereitung seiner Führung zu den Werken Tintorettos in der Kirche Madonna dell'Orto, die für den Nachmittag angesetzt war.

»Und hier sind wir nun schon beim letzten der bedeutenden Gemälde Tintorettos in diesem Gotteshaus.« Vic hatte die Stipendiatinnen sowie Leon und Brandon, mit Cora im Schlepptau, aus der kleinen Cappella Mauro mit der wundertätigen Madonnen-Statue zurück ins Kirchenschiff geführt, wo er sich nun dem großformatigen Bild auf der rechten Seite des Chorraums zuwandte.

»Was uns hier wie ein rasendes Inferno entgegenschlägt, ist Tintorettos Vorstellung vom Jüngsten Gericht. Er malte es um 1560, wählte aber für dieses Schreckensszenario nicht, wie sonst eher üblich, das Feuer als göttliches Instrument, sondern das Wasser. Dieses Element ist aus der Grabrede Christi als Verbindung von Weltende und Sintflut bekannt. Und doch konnte der Maler sicher sein, dass die Venezianer es auch auf die legendäre Geburt ihrer Stadt aus dem Wasser beziehen würden, mit dessen Gewalten sie, wie naturgegeben, auch ihren Untergang verbanden. Und Tintoretto scheint dieses Bild nicht im Auftrag, sondern aus freien Stücken für seine Gemeindekirche gemalt zu haben. Offensichtlich sorgte er sich ernstlich darum, dass der Untergang des zu seiner Zeit unvergleichlich reichen Venedigs mit dem verschwenderischen und zweifellos hier und da auch als sündig zu bezeichnenden Lebensstil seiner Bewohner unmittelbar bevorstehen könnte. Zum Erleben verheerender Überschwemmungen und Brände zu Tintorettos Lebzeiten kamen noch die düsteren Prophezeiungen eines angesehenen Gelehrten, des Arztes und Astrologen Tommaso Rangone, der eine baldige Sintflut vorhersagte. Doch Tintoretto wusste auch um die Macht eindrucksvoller Bilder und um die Kraft seiner Kunst. Und die nutzte er nun zum einen, um seine Zeitgenossen das Fürchten zu lehren und zu demonstrieren, dass kaum einer dem Untergang entgehen würde, nachdem sie alle richtungslos geworden wären. Zum anderen aber gab er dem Betrachter auch Hinweise zur läuternden Orientierung: Nahe dem strahlenden Christus mit dem Schwert als Allegorie der *Justitia*, der Gerechtigkeit, hat er deshalb die Verkörperung der *Carità*, der christlichen Nächstenliebe, platziert. Diese beiden Tugenden galten den Venezianern als die höchsten, hatten sie sich doch als Garant für den gesellschaftlichen Zusammenhalt bewährt. Mittig links ist dann noch – «

Vics Handy läutete. Er sah auf sein Display: Es war diese Elle.

»Da muss ich mal eben drangehen. Bin gleich zurück.« Vic drückte auf Empfang, während er zum Ausgang strebte. »Mrs Whitman? Ja, wir sind noch in der Kirche. Einen Moment bitte! Ich gehe kurz raus.«

Doch bis er vor der Tür war, hatte sie ihm bereits erklärt, dass es brandheiße Neuigkeiten gäbe und sie die ganze Truppe in einer

Viertelstunde im *Vino Vero* an der Fondamenta Misericordia erwarte. Vic sagte zu und machte auf dem Absatz kehrt.

≫Mrs Whitman bittet uns, gleich im Anschluss in eine Weinbar um die Ecke zu kommen. Es gibt offenbar wichtige Neuigkeiten≪, erklärte Vic, als er wieder auf die Gruppe zutrat.

≫Um was geht's denn?≪, erkundigte sich Lene neugierig.

≫Hat sie nicht gesagt, tut mir leid≪, antwortete Vic. ≫Dann machen wir hier jetzt mal einen Takt schneller, damit wir Mrs Whitman nicht warten lassen. Also, da mittendrin ist noch eine lichte Gestalt zu sehen.≪ Vic deutete auf eine aufrecht stehende weibliche Figur am Heck eines Bootes inmitten der reißenden Fluten, getaucht in einen hellen Lichtstrahl. ≫Es ist *Fortuna*, die antike Göttin des Zufalls und des wechselhaften Glücks. Eine eindringliche Erinnerung daran, dass auch der Mensch selbst mitverantwortlich ist für den Verlauf seiner Lebensreise. Denn Fortunas unberechenbarem Einfluss konnte man nur mit *Virtus*, mit Tugendhaftigkeit, zu begegnen versuchen. Um das zu unterstreichen, hat Tintoretto auch noch mal die vier Kardinaltugenden für diese Kirche in großen Einzelbildern gemalt. Es sind die Frauengestalten da oben: Neben *Justitia* noch *Prudentia*, die Klugheit, und dann *Fortitudo* für Tapferkeit und Mut sowie schließlich *Temperantia*, die Mäßigung. Und damit wenden wir uns jetzt vom Tugendhaften ab und der Vorfreude auf ein Schlückchen süffiger Sünde zu.≪

≫Die Tugenden stehen aber dem Lasterhaften und nicht dem Sündigen gegenüber≪, merkte Greta spitzfindig an, als sie sich beim Weg hinaus aus der Kirche an Vics Seite schob.

≫Sie meinen, wir müssten uns jetzt schon als lasterhaft betrachten?≪, gab Vic augenzwinkernd zurück, während er die Kirchenpforte öffnete.

≫Solange es bei ein, zwei Gläsern bleibt, ist es definitiv weder Laster, noch Sünde≪, entgegnete Greta lachend und trat nun ebenfalls blinzelnd hinaus in die tiefstehende Frühlingssonne dieses Spätnachmittags.

»Und was sehen Sie dann als Gegenpol zum Sündigen«, hakte Vic nach, während sie auf dem Kirchplatz noch auf die anderen warteten.

»Im christlichen Sinne das Befolgen der Zehn Gebote, in einem Staatswesen der Gesetze«, erwiderte Greta mit einer analytischen Klarheit, die Vic aufhorchen ließ.

»Es wäre Ihrer Ansicht nach also dann nicht als tugendhaft zu bezeichnen, wenn man Gebote und Gesetze befolgt?«, konterte er.

»Hm«, überlegte die junge Literatin verschmitzt lächelnd.

Inzwischen war die Gruppe vollständig versammelt, und Vic schlug den Weg über die Fondamenta Gasparo Contarini ein.

»Wenn man Sünden als Taten, Tugenden und Laster hingegen als Haltungen versteht, dann müsste man es eigentlich schon als tugendhaft bezeichnen, wenn jemand aus einer grundlegenden Haltung heraus beschließt, sich immer an alle Gebote oder Gesetze zu halten«, meinte Greta nach einer Weile des Nachdenkens.

»Das beruhte dann wohl in erster Linie auf der Tugend der Mäßigung«, erwiderte Vic und nahm die erste Stufe des Ponte de la Saca. »Aber bei zu viel davon, geht einem doch der Spaß am Leben verloren. Hier und da ein wenig an einer Todsünde zu nippen, gehört doch auch dazu, oder?«

»Unbedingt! Besonders weil die Todsünden genau genommen auch gar keine Sünden sind, sondern nur Laster«, lachte Greta.

Zwei Minuten später gab der Campiello dei Trevisani den Blick auf die graue Rückseite der Chiesa di San Marziale am jenseitigen Ufer des Rio della Misericordia frei, und nach einer weiteren Minute standen sie vor dem vereinbarten Bàcaro.

Mrs Whitman begrüßte sie mit großem Hallo und orderte eine Runde Prosecco Superiore beim jungen Wirt.

»Es gibt etwas zu feiern, meine Lieben«, begann sie verheißungsvoll. »Gortschews Artikel über seine Talentsichtung in Europa ist soeben erschienen und – «, sie legte eine spannungsgeladene Kunstpause ein, bis alle ihr Glas prickelnden Schaumweins in Händen hielten. Dann wedelte sie mit der aktuellen Ausgabe des amerikanischen Kunstmagazins und verkündete pathetisch und über beide Backen strahlend: »Und wir sind darin prominent vertreten!«

Elle hatte erreicht, was sie beabsichtigte: Eine Woge der Begeisterung und des Gläserklirrens brauste auf und schwappte bis hinaus auf den Uferweg des Kanals, von wo Passanten überrascht und neugierig in die kleine Kneipe hineinspähten.

»Und Pat, Sie sind es, die das ganz große Los gezogen hat! Gratuliere!«, fuhr Mrs Whitman fort, als sich der Jubel ein wenig gelegt hatte. »Wie groß diese Chance ist, erkläre ich Ihnen gleich noch genauer. Auf jeden Fall werden Sie nun tüchtig arbeiten müssen, denn ich plane, für Sie eine weitere Präsentation zu organisieren, eine kleine, aber feine Einzelausstellung zum Beginn der Biennale, wenn die Crème de la Crème der internationalen Kunstszene hier aufläuft. Aber jetzt wollen wir erst mal diesen Etappensieg feiern!«

Während sich Brandon und Cora der Vitrine zuwandten, um sich ein paar der verlockenden venezianischen Fingerfood-Häppchen auszusuchen, platzierte Mrs Whitman das *White Cube*-Magazin wortlos auf der Bank vor dem großen Fenster, das eine frühere Nutzung dieser Lokalität als Laden verriet. Dann legte sie einen Arm um Pats Schulter und zog sie mit sich nach draußen.

Vic hatte sich im Hintergrund gehalten, fühlte er sich doch eher als Zaungast bei diesem Geschehen.

»Interessiert Sie dieser Artikel denn gar nicht?«, fragte er Greta, die ebenfalls nahe des Eingangs stehen geblieben war und gelassen zu beobachten schien, wie Lene fahrig in der Zeitschrift nach dem Artikel blätterte.

»Das ist ein Kunstmagazin! Was also sollte da über mich drinstehen?«

»Na ja, Sie sind doch auch eine der Stipendiatinnen.«

»Die Kunstszene, also diejenigen, die Bildende Kunst schaffen, haben sich schon lange von den anderen Künsten abgekoppelt. Bildende Künstler sehen sich doch als die Krönung, als die einzig wahren Künstler. Und wenn man es an der finanziellen Wertschöpfung misst, gibt die ihnen ja auch recht. Also, mal abgesehen von ein paar Filmschauspielern vielleicht«, meinte Greta lapidar. »Oder denken Sie etwa nicht automatisch an einen Maler oder Bildhauer oder so was, aber kaum an einen Komponisten, Tänzer oder Schriftsteller, wenn jemand sagt, er sei Künstler?«

»Schon wahr, irgendwie«, musste Vic zugeben. »Ist mir nie so aufgefallen.«

»Das glaub ich jetzt nicht!« Lene sah entgeistert von dem Artikel auf. »Zwei von sechs Doppelseiten über uns, wow! Und danke, Max Gortschew, davon tatsächlich auch ganze fünf Zeilen in der Einleitung über mich!«

»Hui, da haben ja gleich zwei Todsünden ihre Hüllen fallen lassen«, murmelte Greta mit gekräuselter Stirn. »*Ira*, der Zorn, und *Invidia*, der Neid, lassen grüßen!«

»Klassifizieren Sie die Leute öfter nach diesen Kategorien«, flüsterte Vic grinsend zurück.

»Nein, eigentlich noch nie«, überlegte Greta. »Kam mir nur gerade so, weil wir eben darüber geredet haben. Aber wenn ich es recht bedenke, wäre das doch mal ein spannendes Projekt. Und Elle würde es sicher freuen, so als in Venedig geborenes Thema.«

≫Warum ist Mrs Whitman eigentlich so darauf aus, dass alle möglichst neue Projekte in Angriff nehmen, die etwas mit Venedig zu tun haben? Steht das in der Satzung ihrer Stiftung? Oder gedenkt sie, damit etwas für diese Stadt zu tun?≪

Begleitet von einem unterdrückten Auflachen schüttelte Greta den Kopf.

≫Schon mal Künstlerbiografien gelesen? Da finden Musen und Mäzene oder andere, die mit einem Künstler enger zu tun haben, wie Galeristen oder Sammler, immer dann Erwähnung, wenn sie in einem bedeutenden Zusammenhang mit dem Werk eines Künstlers stehen. Das ist es, was Elle will: Venedig als Thema im Werk, und schon ist sie bei der Verbreitung ihres Rufs als Persönlichkeit mit nennenswertem Einfluss auf einen zeitgenössischen Künstler ein Stück weiter. So was ist bares Geld wert, wenn man in der Kunstszene mitmischen will. Und so macht man sogar Geschichte! Wird ein Künstler dann auch noch berühmt, erhält sich die Kunde um solche Beziehungen bis über den Tod hinaus, den Tod des Künstlers und des Förderers. Ist wirkungsvoller als ein millionenschweres, prächtiges Grabmal.≪ Sie nippte an ihrem Prosecco und schielte zu Mrs Whitman hinaus, die sich auf der Uferpromenade eindringlich mit Pat unterhielt. ≫Würde die Lady mal unter einer Kombination aus den Todsünden Selbstsucht und Eitelkeit einsortieren≪, sinnierte Greta, was Vic mit einem verschmitzten Heben seiner Augenbrauen quittierte. ≫Ich habe das Gefühl, dieses Thema könnte mich wirklich tiefer interessieren. Auch wenn es mir wenig behagen würde, damit auch Elles Absichten ins Netz zu gehen.≪

≫Wenn Sie damit berühmt würden, könnte es Ihnen doch egal sein≪, meinte Vic mit einem Augenzwinkern.

≫Stimmt auch wieder≪, lachte Greta. ≫Na mal sehen. Diese Figuren hier hätten schon ein gutes Potenzial für die Besetzung einer spannenden Geschichte um die Sieben Todsünden. Und schließlich können Laster leicht zu Wurzeln von Sünden werden. Genau der Stoff, aus dem sich Dramen entwickeln.≪

≫*Im wahrsten Sinne ein Aufmerker waren die Arbeiten des zweiten Newcomers, Patrizia Riemann*≪, übertönte nun wieder Lenes aufgebrachte Stimme den Smalltalk der anderen. ≫Will ja wohl heißen, dass meine Arbeiten seiner Aufmerksamkeit nicht weiter wert gewesen sind. Aber über Pat kriegt der sich dann überhaupt nicht mehr ein: *Ein Name, den wir mit Sicherheit noch öfter hören werden. Und ein Werkbeginn geprägt von der lustvoll voyeuristischen Anziehungskraft des wahnhaft Abgründigen, kafkaesk gepaart mit zartester Verletzlichkeit.* Und so weiter und so weiter, zwei Seiten lang mit drei fetten Hochglanzabbildungen!≪

≫Sieht nach ganz hübschen Konkurrenzkämpfen aus≪, murmelte Vic.

≫Tja, geht halt um alles oder nichts≪, meinte Greta und schaute von dem kleinen Notizbuch auf, in das sie gerade etwas geschrieben hatte. ≫Um ein Leben als umschwärmter, begehrter Star mit besten Chancen auf Unsterblichkeit oder ein lebenslanges Dasein als künstlerisch unbeachteter, gesellschaftlich ausgestoßener Hungerleider mit besten Chancen auf ein namenloses Armengrab. Dazwischen gibt es so gut wie nichts. Ich geh mal kurz raus, eine rauchen.≪

Vic sah sich nach Leon um. Er saß auf der Bank neben Lene, die immer noch in die Kunstzeitschrift stierte, während er Brandon und Cora aus den Augenwinkeln zu beobachten schien.

≫Ich denke, ich gehe jetzt mal≪, sagte Vic zu seinem Sohn. ≫Möchte noch ein bisschen was zu Carlo Scarpa im Internet recherchieren, weil ich mir vorgenommen habe, morgen endlich seine Umgestaltungen im Palazzo Querini-Stampalia anzuschauen. Und Hugo muss auch demnächst mal raus. Du kommst nach?≪

Leon nickte, und Vic wandte sich zur Tür.

≫*Müßiggang ist aller Laster Anfang.* Ich mach mich dann mal auf den Heimweg≪, warf er Greta scherzend zu, als er auf den Uferweg trat. Doch Greta nickte nur kurz lächelnd zurück. Sie schien mit ihren Gedanken woanders zu sein. Belauschte sie etwa, was Pat und diese Elle gerade miteinander besprachen?

≫Sie müssen uns schon verlassen?≪, rief ihm da Mrs Whitman zu, die wie immer jeden und alles in ihrer Umgebung im Blick zu haben schien. ≫Nochmals vielen Dank für die Tintoretto-Führung, mein Lieber. Und wir sehen uns dann bald wieder beim Ausflug nach San Giorgio, nicht wahr? Freue mich!≪

Um ihr Gespräch nicht länger zu stören, hob Vic nur eine Hand zum Gruß und steuerte die Brücke hinüber zum Campo San Marziale an, um von dort weiter zur Vaporetto-Haltestelle *Ca'd'Oro* zu laufen.

Sechstes Kapitel

≫Nicht doch eins?≪, fragte Vic, während er Frühstückseier in die Pfanne schlug.

≫Ne danke.≪ Missmutig brach Leon die Ciabatta in zwei Teile. ≫Du willst doch heute irgendwohin wegen so einer Hochwasseranlage. Kann ich da mitkommen?≪

≫Klar, wenn du Zeit hast≪, erwiderte Vic und fragte sich, ob Leon sein schwarzes Loch wieder eingeholt hatte. War es immer noch Kimberly, der er nachtrauerte? Oder ging es inzwischen um diese Cora, auf die er offensichtlich ein Auge geworfen hatte?

≫Hast du mal wieder was von Kimberly gehört?≪

≫Ne, interessiert mich auch gar nicht mehr≪, antwortete sein Sohn so schroff, dass es glaubwürdig klang.

Also ging es vermutlich doch um die große blonde Schönheit an Brandons Seite, an der Seite dieses von Leon so bewunderten Burschen. Und nun quälte ihn die in seinen Augen schiere Hoffnungslosigkeit, sie ihm ausspannen zu können. Das also war es, was sich am Abend zuvor in seinem dauernden Schielen nach den beiden ausgedrückt hatte. Doch ihn jetzt darauf anzusprechen, ohne auch nur einen konkreten Rat parat zu haben, käme einem Kamikaze-Lauf über vermintes Gelände gleich, befand Vic und schob die fertigen Spiegeleier auf seinen Teller. Vielleicht würde sich später eine Gelegenheit ergeben, sich behutsam an Leons Problem heranzutasten.

Nach einem viertelstündigen Fußmarsch hatten sie den Campo Santa Maria Formosa erreicht. Hier mussten sie sich nun konsequent links halten und direkt am Ufer des Rios hinter der gewaltigen Kirche weitergehen, vorbei an dem beeindruckenden Palazzo Malipiero-Trevisan. Ein Renaissance-Bau mit außergewöhnlich gut erhaltener Fassadenverkleidung aus verschiedenfarbigem Marmor. Dann verengte sich der Campo zu einem schmalen Gässchen, um sich gleich wieder in einen Campiello zu erweitern, wo ihnen schon der rote Palazzo Querini-Stampalia entgegenleuchtete.

Hier lagen die Palazzi wieder unmittelbar am Wasser, auf der einen Seite des kleinen Platzes am Rio del Mondo Novo, auf der anderen am Rio di Santa Maria Formosa. Und alle besaßen sie neben ihrem Wassertor eine eigene Brücke über den Kanal, um auch zu Fuß in den Palazzo gelangen zu können.

≫Eine Brücke ist diesem um 1520 erbauten Palazzo erst zweihundert Jahre später hinzugefügt worden≪, erklärte Vic, als sie vor dem Palazzo Querini-Stampalia standen. ≫So, wie wir sie jetzt vor uns sehen, ist sie allerdings ein Werk Carlo Scarpas, der sie Anfang der 1960er Jahre im Zuge seiner Veränderungen dieses Palazzos ersetzte. Und schon hier zeigt sich die Handschrift dieses großen venezianischen Architekten der Moderne. Schau mal genau hin: Auf zwei alte Stufen aus istrischem Stein folgt eine, die aus Holz gefertigt ist, genauso wie der sich anschließende Brückenbogen. Zusammen mit dem dunkel metallenen Geländer, seinem breiten, hölzernen Handlauf und den Bronzebeschlägen ergibt sich eine genau abgewogene Mischung unterschiedlicher Materialien und eine gelungene Verbindung von Altem und Neuem, zwei Aspekte, auf die Scarpa großen Wert legte.≪

Von der Brückenkuppe aus spähte Vic nun auf das doppelte Wassertor hinunter. Es war mit einem modern geometrisch gemusterten, schmiedeeisernen Gitter verschlossen, aber so transparent, dass Vic einen Zipfel vom Grün des hinter dem Palazzo gelegenen Gartens erhaschen konnte. Doch bevor er sich den näher anschauen würde, drängte es ihn, die Konstruktion zu erkunden, die sich Scarpa gegen das damals noch häufig eindringende Hochwasser hatte einfallen lassen.

Nachdem sie den Eintritt bezahlt hatten, strebte Vic gleich in Richtung des Wassertors.

≫Scarpa hat das gesamte Bodenniveau angehoben und zwar etwa um die Hälfte der Höhe des ehemaligen Androns≪, stellte Vic gebannt fest und dass es der Atmosphäre des auf diese Weise satt lichtdurchfluteten Raumes durchaus gutgetan hatte. ≫Und das da drüben erinnert an die steinernen Gesimse der venezianischen Palazzi. Auch solche Zitate der historischen Bausubstanz dieser Stadt waren Scarpa sehr wichtig≪, erklärte Vic weiter mit fasziniertem Blick auf die begehbaren Plattformen und Gänge aus Beton mit kniehohen Kanten aus Kalkstein rundherum und bekam erst jetzt mit, dass Leon nicht mehr seiner Seite war.

Er entdeckte ihn auf der untersten Stufe der aus unterschiedlich geformten Steinplatten in verschiedenen Höhenabständen angelegten Kaskadenlandschaft, die sich über die gesamte Breite des Wassertors hinzog. Auch Vic stieg nun hinab, setzte sich neben seinen Sohn und betrachtete das bezaubernd schimmernde, flüssige Türkis des Kanalwassers, das den hellen Boden dieses Bauwerks pittoresk umspülte.

≫Fällt dir auf, wie naturnah dieses treppenartige Gebilde trotz seiner kantigen Elemente wirkt?≪

Leon zuckte nur mit der Schulter und starrte weiter hinunter auf das leise hereinplätschernde Wasser.

≫Das Geheimnis dahinter ist, dass Scarpa bewusst jegliche Symmetrie vermied, so wie es auch in der gotischen Architektur gehalten wurde, deren Verehrer er war. Und das Thema *Treppen* ist auch wieder eine offensichtliche Verbindung zu dieser Stadt mit ihren mehr als vierhundertfünfzig Brücken. Wo sonst auf der Welt steigt man tagtäglich so viele Stufen rauf und wieder runter?≪

≫Kennst du das Gefühl, wenn sich irgendwie alles falsch anfühlt, was du eigentlich tun willst?≪

≫Du meinst, mal mit ihr reden, wenn Brandon nicht dabei ist?≪

Leon sah ihn irritiert an.

≫Deine Blicke gestern in der Weinbar sind mir nicht entgangen≪, fügte Vic augenzwinkernd hinzu.

≫Darum geht's aber gar nicht!≪, stöhnte Leon verhalten auf, sank dann wieder in sich zusammen und stierte mit leerem Blick, den schweren Kopf in die aufgestützten Hände gelegt, hinunter aufs Wasser.

≫Worum denn dann?≪

Unruhig kaute Leon auf seiner Unterlippe.

≫Jetzt sag schon!≪

≫Es ist gestern noch etwas passiert, also letzte Nacht≪, murmelte Leon düster. Schon die Erinnerung daran schien ihm arg zu schaffen zu machen.

Vic hatte die gleiche Haltung wie Leon eingenommen und schaute nun ebenfalls wieder auf das Wasser hinunter. Er wollte Leon nicht auch noch mit einem direkten Blick bedrängen.

Es dauerte eine gefühlte Ewigkeit, bis sein Sohn endlich zu erzählen begann: ≫Wir sind später noch mit Brandons Boot los. Und dann haben die sich mal wieder gegenseitig aufgeheizt, was man denn noch Witziges anstellen könnte. Also, was Pat und Brandon so witzig finden.≪

Leon unterbrach seine Rede und begann, nervös an seinem Daumennagel zu knabbern.

≫Und was finden die witzig?≪, hakte Vic nach, um Leon zum Weitererzählen zu bewegen.

≫War immer ein ziemlicher Blödsinn, weiß ich ja. Aber das lief dann eben einfach so≪, druckste Leon weiter herum, spürte dann aber Vics angespannten Blick auf sich. ≫Also einmal, da waren wir zu Fuß unterwegs zurück von so 'ner Bar in Rialto, da hat Pat plötzlich rumgenörgelt, hier wäre ja überhaupt nichts mehr gruselig, weil inzwischen jede Ecke voll ausgeleuchtet ist. Und da hat Brandon gemeint, dass sich das doch leicht ändern ließe, und ich soll mal 'ne Räuberleiter für ihn machen. Und dann war er auch schon oben an so einem Verteilerkasten über einer

Stromleitung, die hier überall außen an den Häusern entlanglaufen. Da hat er so eine Zuleitung für die Straßenlaternen mit einem Ruck rausgerissen, und dann war es aber auf einen Schlag so richtig finster, zappenduster und das gleich in der ganzen Umgebung.≪

≫Und was war daran so lustig?≪, fragte Vic kopfschüttelnd.

≫Na, wir mussten uns an den Wänden weitertasten, und Pat und Brandon trieben dann so ihre Spielchen miteinander.≪

≫Und was war da noch?≪, fragte Vic, dem dämmerte, dass dieser pubertäre, aber schon ziemlich deftige Scherz, den sie sich da geleistet hatten, offensichtlich noch von etwas anderem überboten worden war.

≫Vorgestern kam Pat auf die schwachsinnige Idee, nachts den *Giardino Eden* zu entern.≪

≫Den *Garten Eden*? Was meinst du damit?≪

≫Ist so ein berühmter Garten auf der Giudecca. Anno Tobak wohl mal ganz doll angelegt von einem englischen Aristokratenpaar, das *Eden* hieß. Und weil bei denen damals so ziemlich alles vorbeikam, was in der ersten Hälfte des letzten Jahrhunderts so an VIPs in Venedig rumflackte, haben auch einige bedeutende Schriftsteller über diesen Garten geschrieben. Daher wusste Pat davon≪, erzählte Leon. ≫Und dann wollte sie unbedingt vom Wasser aus da einsteigen.≪

≫Wieso? Gibt es denn da keinen Landzugang?≪, fragte Vic verwundert.

≫Doch schon, vorne vom Seitenkanal her, bei dem kleinen, alten Palazzo, der noch auf dem Grundstück steht≪, erwiderte Leon. ≫Aber in den Garten darf keiner rein. Den hat so ein durchgeknallter österreichischer Künstler, ähm – ≪, Leon stockte, ≫Hundertwasser, genau! Also, der hat den später gekauft und dann in seinem Testament verfügt, dass da nie mehr einer reindarf, damit der Garten in Ruhe verwildern kann. Schon krass, oder?≪

≫Na ja, Hundertwasser hatte es halt mit der Natur. War definitiv als künstlerisches Konzept gedacht≪, meinte Vic nachdenklich. ≫Und wenn man es aus heutiger Sicht betrachtet, wo wir die verheerenden Folgen des Raubbaus an der Natur inzwischen immer heftiger zu spüren kriegen, muss man sagen, dass es schon visionär war, an einem derart exponierten Ort so ein spektakuläres Zeichen zu setzen.≪

≫Aber wenn das keiner mitkriegt, weil der Garten für niemanden mehr zugänglich ist? Macht doch keinen Sinn. Jedenfalls wollte Pat da unbedingt rein≪, fuhr Leon fort.

≫Und warum? Sie müsste doch am ehesten das Werk eines Künstlerkollegen respektieren≪, warf Vic kopfschüttelnd ein.

≫Das war ihr total egal. Die ist mindestens so gaga wie dieser Hundertwasser. Sag der, dass etwas verboten ist, und sie will erst recht genau das machen. Jedenfalls haben wir das Boot dann von der Lagune aus herangleiten lassen. Da gibt es eine Stelle, wo die Bäume schon so weit über die Mauer gewuchert sind, dass wir dachten, die Kameras, die an den Ecken montiert sind, würden nichts mehr erfassen. Da haben sich Pat und Brandon hochgehangelt und waren dann eine gute halbe Stunde verschwunden. Und ich hatte Stress im Boot, weil ich schauen musste, dass uns keiner von der Lagune aus entdeckt.≪

≫Und jetzt haben die Kameras doch etwas aufgezeichnet, und ihr habt Ärger gekriegt≪, mutmaßte Vic, um Leon endlich auf den Punkt zu bringen.

≫Nein. Keine Ahnung. Aber darum geht's auch gar nicht!≪

≫Worum geht es denn dann?≪ Vic wurde langsam ungeduldig.

≫Also, gestern Abend hat Pat rumgefrotzelt, dass Brandon seinen Totenkopf als Galionsfigur ja immer noch nicht hätte. Da waren wir gerade wieder mit dem Boot vor einer Bar in Cannaregio. Und dann meinte Brandon, dass wir doch mal eben nach Sant'Ariano rüberdüsen könnten, um so einen Schädel zu besorgen.≪

Vic durchzuckte es. War etwa er der Ideengeber für diesen Unfug gewesen? Er hatte doch im *Trovaso* erzählt, dass dort menschliche Knochen meterhoch aufgetürmt lägen und die Insel unbewohnt wäre. Allerdings war es strikt verboten, diese Insel der Toten zu betreten. Aber hatte er das auch erwähnt? Er konnte sich nicht genau erinnern.

»Und dann haben sie euch erwischt«, schlussfolgerte Vic konsterniert. »Und jetzt habt ihr eine Anzeige an der Backe.«

Leon kniff die Lippen zusammen und schüttelte schlapp den Kopf.

Vic sah ihn durchdringend an.

»Wir haben einen Unfall gebaut«, brach sich das bittere Geständnis endlich Bahn.

»Wer? Du?«

»Nein, Pat war am Steuer.«

»Und was ist passiert? Jetzt erzähl endlich!«

»Wir waren schon kurz vor Burano. Es war stockfinster und total einsam da draußen. Pat hatte Brandon gerade erst bequatscht, sie auch mal ein Stück fahren zu lassen. Dann hat sie das Steuer übernommen und, klar, gleich den Motor volle Kanne ausgereizt. Die anderen Mädels waren bloß noch am Kreischen. Und dann hat's auch schon gescheppert. Wir hatten ein Fischerboot am Heck erwischt. Ich hab' mich umgedreht und noch gesehen, wie sich einer der Männer laut fluchend über die Bordwand lehnte. Und der schaute aufs Wasser raus, als ob da einer über Bord gegangen wäre, den er wieder rausfischen müsste. Genauer konnte ich das nicht sehen, weil Pat einfach weitergenagelt ist. Brandon war tierisch am Rumschreien. Ich meine, das Boot gehört seiner Tante! Als er wieder einigermaßen beieinander war, stieß er Pat vom Steuerrad weg, raste aber auch erst mal weiter, bis wir ein paar Kilometer entfernt waren. Dann drosselte er den Motor und robbte über die Bugfläche, um nach Schäden an unserem Boot zu schauen. Zum Glück waren da nur ein paar Schrammen. Wahrscheinlich haben uns die Gummipoller des Kutters vor Schlimmerem bewahrt.«

»O Himmel!«, entfuhr es Vic. »Ihr seid dann aber zurückgefahren, oder?«

»Wir hatten alle erst mal voll die Schockstarre. Greta meinte dann, dass wir sofort umkehren müssten. Aber Pat lachte nur laut und fragte, ob sie noch alle beisammen hätte, und meinte, wir sollten uns nicht so anstellen. Schließlich hätten wir das andere Boot doch bloß leicht touchiert. Und dann sagte Brandon, dass wir Pat die Entscheidung überlassen sollten. Schließlich hätte sie den Unfall gebaut und wäre dann dran.«

»Was also habt ihr gemacht?« Vic fühlte, wie allein Leons Bericht ihn hatte blass werden lassen.

»Wir sind so leise wie möglich, also mit gedrosseltem Motor, auf einem riesigen Umweg Richtung Venedig zurückgefahren. Erst versteckt hinter Sant'Erasmo entlang, dann nahe am Lido vorbei weiter bis San Clemente und dann von hinten auf die Giudecca zu und von da nach Dorsoduro rüber.«

»Und ihr habt nicht zumindest einen Notruf abgesetzt?«

»Haben wir schon überlegt. Aber dann wären die über die Handynummer ziemlich schnell auf uns gekommen.«

»Und dann habt ihr die Sache einfach auf sich beruhen lassen?«

Leon zog betroffen die Mundwinkel breit.

»Hab die ganze Nacht nicht geschlafen. Aber was sollte ich denn machen? Brandon und Pat haben die Entscheidung getroffen abzuhauen. Wir anderen konnten daran nichts ändern. Und zu der Stelle zurück, wo der Unfall passiert ist, konnten wir anderen ohne ein Boot schließlich auch nicht. Und jetzt könnte ich nur zur Polizei gehen. Aber damit würde ich Pat hinhängen, und für die Fischer würde es auch nichts mehr ändern.«

»Und für dich dürfte das auch nicht ohne bedenkliche Konsequenzen bleiben«, murmelte Vic. »Verdammt noch mal, wie konntet ihr bloß so blöd sein! Brandons Boot ist doch bestimmt versichert für solche Fälle. Ging es darum, dass Pat das Boot gesteuert hat? Braucht man dafür vielleicht einen Motorbootführerschein, den sie nicht hatte?«

»Keine Ahnung. Die hat über gar nichts nachgedacht. Wenn es nach ihr gegangen wäre, hätten wir unseren Plan, nach Sant'Ariano zu fahren, auch nicht wegen dieser *Lappalie*, wie sie es nannte, aufgegeben. Aber da hatte Brandon schon wieder das Steuer übernommen und das Boot in den ortungsmäßigen Abtauchmodus versetzt.«

»Da habt ihr euch ja hübsch was eingebrockt!«, meinte Vic und grübelte, was er Leon jetzt raten sollte. »Und wir wissen noch nicht einmal genau, was ihr eigentlich angerichtet habt! Ob dabei jemand verletzt wurde und das Fischerboot vielleicht leckgeschlagen ist. Nicht auszudenken!«

»Was glaubst du, worüber ich mir die ganze Zeit einen Kopf mache?« Leon schlug verzweifelt seine Hände vors Gesicht. »Was soll ich denn jetzt machen? Ich weiß es einfach nicht!«

»Zur Polizei gehst du jedenfalls nicht! Die könnten dich wegen unterlassener Hilfeleistung drankriegen. Und an der Sache ändern würde es auch nichts mehr.« Er stand auf. »Was erst einmal wichtig ist, dass wir möglichst bald herausfinden, was genau ihr angerichtet habt und wie viel die über euch wissen. Warten wir also bis morgen früh. Dann dürfte darüber etwas in den Zeitungen stehen, sollte der Unfall nennenswerte Folgen gehabt haben.«

»Schon mal vom Internet gehört, Papa?«, raunte Leon beklommen. »Ich schau da schon die ganze Zeit.«

»Okay, dann eben so«, überging Vic die unterschwellige Frotzelei seines Sohnes. »Und du solltest dafür sorgen, dass auch die anderen vorläufig die Hufe stillhalten, sonst seid ihr nämlich alle dran! Ihr habt da wirklich ganz schönen Mist gebaut!«

»Schon klar«, antwortete Leon seufzend.

≫Tja, das war's dann wohl mit meiner Besichtigung hier. Gehen wir nach Hause. Und ab sofort gehst Du besser auf Distanz zu Pat.≪

Den Nachmittag über hatte Vic keinen konzentrierten Gedanken mehr fassen können und gab sein Vorhaben auf, weiter an den Entwürfen für die Ausgestaltung der neuen Terrazzo-Böden zu arbeiten. Leon war schon abgezogen, um sich im Bàcaro *Al Squero* mit Greta, Lene und Cora zu treffen und gemeinsam auf aktuelle Meldungen zu warten. Pat hatte sich zurückgezogen. Und von Brandon war zu hören, dass er sich um die Beseitigung der Spuren an seinem Boot kümmern wollte. Noch weiter allein im Palazzo herumzuhocken und sich von dem rasenden Gedankenkarussell verrückt machen zu lassen, machte keinen Sinn. Auch er musste an die Luft und unter Leute, musste sich ablenken und wieder einen klaren Kopf kriegen.

Eine gute Stunde war Vic durch die Gassen gelaufen, als er sich mehr oder weniger zufällig auf dem Campo Santa Margherita und kurz darauf im *Al Bocon DiVino*, seinem Lieblingsbàcaro, wiederfand.

Der Wirt begrüßte ihn lächelnd, und schon stand ein Gläschen vom frischen roten Fasswein vor ihm. Bereits der erste kräftige Schluck ließ Vic spüren, wie treffend der Beiname des Weingottes war: *Lysios*, der Löser, der Sorgenbrecher.

Als er das zweite Glas hob, fuhr eine Pranke auf seine Schulter nieder.

≫Salute, caro mio!≪

Das konnte nur der gemütliche Venezianer sein, den er im vergangenen Jahr in dieser Kneipe kennengelernt hatte. Vic drehte sich um.

»Salve, amico mio! Freue mich sehr, dich wiederzusehen«, gab er auf Italienisch zurück und orderte noch einen Wein für seinen Freund. »Na dann! A la tua salute!«

Sie prosteten einander zu.

»Jetzt kennen wir uns schon so lange, und ich weiß noch immer nicht, wie du heißt«, meinte Vic und stellte sich vor.

»Matteo«, erwiderte der Venezianer und stieß auch darauf mit Vic an. »Und? Nur kurz hier oder wieder ein längerer Urlaub, Vittorio?«

»Diesmal ist alles ganz anders. Ich habe den Auftrag, einen Palazzo als Gästeresidenz einzurichten, bleibe also mindestens für ein halbes Jahr hier.«

»Aber hallo! Dann sehen wir uns ja noch öfter«, meinte der Venezianer erfreut. »Und was macht die Familie?«

»Alles bestens, danke«, antwortete Vic lächelnd, bis ihn nur Sekunden später die Erinnerung an Leons Problem wieder einholte. Das hatten ihn der süffige Rebensaft und die Wiederbegegnung mit seinem venezianischen Kumpel tatsächlich für einen winzigen Moment vergessen lassen.

»So ganz happy siehst du aber nicht aus«, rückte ihm Matteo da auch schon mit seiner feinen Nase für emotionale Ungereimtheiten auf den Pelz. »Ärger mit der Arbeit?«

»Nein, nein, hat schon was mit meiner Familie zu tun«, gestand Vic ein, obwohl es ihm lieber gewesen wäre, die ganze Geschichte eine Weile auf Eis zu legen, zumindest bis er wüsste, welche konkreten Folgen der Unfall für die Fischer gehabt hatte. Außerdem sollte er sich hüten, darüber groß was herauszuposaunen, auch gegenüber Matteo. Er war eine geborene Plaudertasche, und Venedig, was Klatsch und Tratsch anbetraf, ein Dorf.

»Nun mal raus damit! Wirst sehen, dann geht es dir gleich besser.« Matteo ließ einfach nicht locker.

≫Also, eigentlich stellt sich mir die Frage, ob es böse sein kann, wenn man aus Liebe etwas tut, was gewisse Kollateralschäden für andere mit sich bringt≪, tänzelte Vic um den heißen Brei herum.

≫Na ja, irgendwie schon≪, meinte der Venezianer nachdenklich. Doch im nächsten Moment hellte sich sein Gesicht wieder auf. ≫Hast du dich etwa in eine andere Frau verguckt?≪

≫Könnte mir kaum passieren. So oft, wie meine Maddalena weg ist, bin ich vollauf damit beschäftigt, mich immer wieder neu in sie zu verlieben≪, schäkerte Vic.

≫Na Glückwunsch, mein Lieber!≪, lachte Matteo und bestellte noch zwei Rote beim Wirt. ≫Auf dein tolles Weib! Aber wenn das nicht dahintersteckt, was ist es dann?≪

≫Ich frage mich einfach, wie verwerflich es ist, wenn man etwas in guter Absicht und zum Wohle anderer tut, dabei aber einen Schaden für wiederum andere in Kauf nimmt, ob das Gute dann immer noch gut ist oder eben doch das Böse überwiegt≪, druckste Vic weiter herum, wobei er das Gefühl hatte, sich nur sinnlos zu wiederholen. ≫Also wie schuldig man sich damit macht.≪

≫Hast wohl Angst, dass du für so was mal in der Hölle schmorst, was?≪, meinte der Venezianer und zog die Augenbrauen hoch.

≫Schon die Last einer Schuld für längere Zeit mit sich herumzuschleppen und die dauernde Angst vor dem Auffliegen könnten höllisch werden≪, dachte Vic laut vor sich hin und daran, wie ihn die Gedanken um diese blöde Geschichte regelrecht gefangen nahmen. Und wie Leon sich schließlich, noch bevor es zum göttlichen Gericht käme, vor einem irdischen zu fürchten hätte, wenn seine Beteiligung herauskäme. Der Straftatbestand unterlassener Hilfeleistung könnte vor Gericht für eine Verurteilung reichen und die könnte in Frage stellen, ob er, wenn er es denn wollte, überhaupt jemals noch studieren dürfte. Sie konnten nur beten, es würde sich bald herausstellen, dass es bei den Fischern zu gar keinem nennenswerten Schaden gekommen wäre. Unruhig sah er auf seinem Handy nach einer Nachricht von Leon. Doch da war noch immer nichts.

»So wie ich dich kenne, malst du wieder mal den Teufel an die Wand und nimmst dir da was viel zu sehr zu Herzen.« Der Venezianer klopfte Vic tröstend auf den Rücken. »Aber das ehrt dich. Schon mal von Pietro Orseolo gehört?«

Vic schüttelte den Kopf.

»Der war so einer wie du. Ist schon tausend Jahre her, da piesackte uns mal ein Doge und wollte dann auch noch seine Familie, die Candianos, zu ewigen Herrschern über unsere Republik machen. Da beschlossen die ebenfalls mächtigen Morosinis und Orseolos diesen Candiano aus dem Weg zu räumen. Dazu legten die Verschwörer eines nachts Feuer in der Nähe des Dogenkastells und erreichten auch ihr Ziel, diesen Cadiano und seinen Sohn ins Jenseits zu befördern. Danach wurde Pietro Orseolo zum Dogen gewählt. Der hatte sich davor schon als Gutmensch hervorgetan. Hat zum Beispiel dafür gesorgt, dass der Handel mit Sklaven bei uns verboten wurde. Nur gab es eben einen Haken an der Sache: Durch das Feuerlegen war nicht nur die Behausung des Dogen abgefackelt, sondern aus Versehen auch die drei heiligsten Kirchen, nämlich San Marco, San Teodoro und Santa Maria Zobenigo und noch dazu an die dreihundert Wohnhäuser einflussreicher Leute. Und das alles hat den Orseolo so mitgenommen, dass er sich dann als Doge hauptsächlich mit der Wiedergutmachung beschäftigte. Aus eigener Tasche ließ er den Sitz des Dogen wiederaufbauen und das zum ersten Mal als prächtigen Palast. Auch die Markuskirche ließ er neu bauen. Und die Bürger, die ihre Häuser verloren, hat er entschädigt und noch mal die gleiche Summe unter den Armen verteilt. Und dann hat er auch noch die Pala d'oro, unser berühmtes goldenes, mit vielen Edelsteinen besetztes Altarbild von San Marco in Byzanz in Auftrag gegeben. Und trotzdem quälte den Orseolo sein Gewissen noch so mächtig, dass er sich

nach zwei Jahren als Doge klammheimlich mit ein paar Kirchen-
männern verkrümelt hat und den Rest seines Lebens als frommer
Büßer in den Pyrenäen zubrachte. Habe immer wieder drüber
nachgedacht, welcher Teil seiner Schuld ihn nur so sehr gedrückt
hat, dass er meinte, es wäre nicht mit seinem vielen Geld aufzu-
wiegen.«

Der Venezianer nahm einen kräftigen Schluck von seinem Wein.

»Und was denkst du, ist es gewesen?«, fragte Vic, der Matteo
gebannt zugehört hatte. »Du hast doch eine Meinung dazu,
oder?«

»Hab ich schon«, erwiderte Matteo und schob gewichtig
seine Unterlippe vor. »Mit der Kirche von San Marco waren
auch die Gebeine des Heiligen Markus verbrannt. Das war für die
Leute damals die allergrößte Katastrophe und ein wirklich böses
Omen. Hat ganz sicher eine Höllenangst verbreitet, weil der
Heilige Markus, seit sie seine Gebeine in Alexandria geklaut
hatten, nun mal der Schutzpatron unserer Stadt gewesen ist.«

»Und deshalb ist der Orseolo also ins Kloster gegangen.
Schlaue Entscheidung, weil da konnte ihm ja keiner mehr was«,
resümierte Vic und sah plötzlich Leon vor seinem inneren Auge,
das gesenkte Haupt verborgen unter der Kapuze einer Mönchs-
kutte, in einem dicken Buch lesend durch einen Kreuzgang
wandeln. Die weltliche Gerichtsbarkeit hatte doch bis heute
keinen Zugriff auf geistliche Sünder, wie man erst wieder bei den
jüngst aufgeflogenen Missbrauchsfällen hatte erleben können.
Nur wäre Theologie vermutlich so ziemlich das Letzte, was für
seinen Sohn zu studieren in Frage käme.

»Dem alten Orseolo muss das ehrlich schwer was ausgemacht
haben«, ergänzte der Venezianer. »Denn nach seinem Abgang
schaffte es zwar trotz allem noch mal ein Candiano auf den
Dogenthron, aber der hielt sich nur ein schlappes Jahr. Und die
Leute haben dem guten Orseolo dann schon nachgetrauert. Nur
ist der in seiner Einsiedelei geblieben. Hat da mit seinem

spirituellen Begleiter Romuald nach strengsten Regeln bis zu seinem Tode als frommer Mann gelebt.«

»Den Namen habe ich schon mal irgendwo gehört.« Hatte nicht Pat im *Trovaso* eine Darstellung dieses Heiligen erwähnt? »In der Galleria dell'Accademia muss es ein Bild von ihm geben, auf dem er als alter Mann mit einem Totenkopf dargestellt ist. Dann sollte der Schädel vielleicht an diesen Orseolo erinnern?«

»Mag wohl sein«, erwiderte Matteo. »Unsere Leute haben jedenfalls beide sehr verehrt. Und kurz nach Orseolos Tod haben sie dann auch seinen Sohn zum Dogen gewählt und den Romuald heiliggesprochen. Und auch der alte Orseolo wurde seliggesprochen und später zum Heiligen, als einziger Doge aller Zeiten übrigens. Und das will was heißen, meine ich.«

»Also haben die Venezianer dem Orseolo schließlich doch noch verziehen«, schloss Vic aufatmend und bestellte noch eine Runde vom Roten.

»Sag ich doch!«, bekräftigte der Venezianer mit einem Augenzwinkern und erhob sein Glas. »Salute!«

Vic zog zweifelnd die Stirn kraus, trank einen ordentlichen Schluck und warf mal wieder einen Blick auf sein Handy. Und endlich war da eine Nachricht von Leon. Mit zitternden Fingern rief er sie auf: *Nur eine Kurzmeldung im Gazzettino. Dafür ein fetter Artikel und ein Interview mit den Fischern im Corriere del Veneto, weil so eine Kollision angeblich schon das dritte Mal innerhalb eines Jahres passiert ist,* schrieb Leon. *Nur geringfügiger Sachschaden. Aber durch den Aufprall ist tatsächlich einer über Bord gegangen und hat sich dabei den Arm und ein paar Rippen gebrochen. Saublöd! Aber den hat sein Kollege dann rausgefischt. Unser Boot ist übrigens nicht identifizierbar. Die haben das Kennzeichen nicht, erkannten es nur als größeres, weißes Sportboot mit Außenborder. Und von denen gibt es Hunderte in Venedig. Uns beschrieben sie als mehrere junge Leute und, leider, dass sie gehört hätten, wie wir Deutsch miteinander sprachen. Aber das Boot gehört ja Elle, und die ist offiziell Amerikanerin, also führt über sie auch keine Spur zu uns. Mache mir nur wegen Lene ein bisschen Sorgen. Kann nur hoffen, dass ihr Neid auf Pat nicht irgendwann mit ihr durchgeht und sie alles verrät, um der eine reinzuwürgen. Bis später dann, Leon.*

Vic überlegte, was er antworten sollte.

≫Jetzt guckste ja wieder ganz kariert≪ meinte Matteo besorgt. ≫Schlechte Nachrichten?≪

≫Ja und nein≪, seufzte Vic. Natürlich konnten sie froh sein, dass an dem Boot der Fischer kein größerer Schaden entstanden war oder es gar abgesoffen wäre. Aber der gebrochene Arm und die zertrümmerten Rippen waren heftig genug und die letzte Hoffnung dahin, dass gar nichts nennenswertes passiert wäre und sie die Angelegenheit einfach vergessen könnten.

≫Schenk uns mal zwei von deinem besten Grappa ein!≪, sagte Matteo zum Wirt, der zur hintersten Flasche auf seinem Spirituosenregal griff und behutsam einen bernsteinfarbenen Traubenbrand in zwei Gläser rinnen ließ.

≫Salute!≪

≫Ja, auf die Gesundheit≪, erwiderte Vic und wünschte die in diesem Moment am allermeisten dem armen Fischer mit seinem Gipsarm über den schmerzenden Rippen. Da schoss ihm der rettende Gedanke durch den Kopf: Dieser Orseolo konnte auch nicht rückgängig machen, was er angerichtet hatte. Aber er sorgte doch zumindest für eine materielle Entschädigung der Opfer. Pats Familie war zwar nicht so reich wie dieser ehemalige Doge, aber mit Sicherheit wohlhabend genug, um eine angemessene Summe aufzubringen. Und sie müssten sich nicht einmal zu erkennen geben, könnten dem Opfer das Geld anonym zukommen lassen. Oder noch besser: Ein Anwalt könnte mit dem Fischer verhandeln und versuchen, ihn zum Zurückziehen der Anzeige zu bewegen. Dann wäre alles in Butter. Wo kein Kläger, da kein Richter. Ein Lächeln der Erleichterung huschte über sein Gesicht.

»Na, was hab ich gesagt?«, grinste der Venezianer. »Ein guter Grappa ist noch immer noch die beste Medizin.«

Vic nickte und ließ den Wirt noch einmal nachschenken.

»Und weißt du, was das Dollste war, als sie die Gebeine des Heiligen Markus kurz vor Ende der Bauarbeiten an der neuen Basilika doch noch wiederfanden?«

»Die Gebeine des Heiligen Markus waren gar nicht mit verbrannt?«

»Wen interessiert's? Wir jedenfalls glauben lieber daran, dass sie wie durch ein Wunder wieder aufgetaucht sind. Und die Legende besagt seither, dass es der Orseolo war, der sie in dieser Säule versteckt hatte, die als einziges von der alten Kirche übriggeblieben war. Und so können wir sie, wie die Gebeine vom alten Orseolo, noch heute als heilige Reliquien in der Basilika von San Marco verehren.«

Vic hatte Matteo nurmehr mit halbem Ohr zugehört. Er musste schleunigst überlegen, wie sich seine geniale Idee mit der anonymen Entschädigung und dem Zurückziehen der Anzeige am geschicktesten umsetzen ließe, bevor die Polizei vielleicht noch andere Zeugen und Hinweise ermittelte und ihnen zuvorkäme.

SUCHE NACH
ARIADNES FADEN

Siebtes Kapitel

Vic warf einen letzten Blick auf die liebevoll hinter Glasscheiben gehüteten Bücher der Bibliothek im ehemaligen Schlafsaal der Mönche von San Giorgio Maggiore. Dreihunderttausend Bände waren hier vom Conte Giorgio Cini zur weiteren Erforschung der venezianischen Geschichte zusammengetragen worden.

Wie sie soeben auf ihrer Führung erfahren hatten, war es dieser Graf gewesen, der das tausend Jahre alte ehemalige Kloster vor dem endgültigen Verfall rettete und seine Bibliothek wieder aufbaute. Die schon im Mittelalter bedeutende Sammlung von Büchern hatten die Franzosen unter Napoleon geplündert und die Räumlichkeiten literarischer und wissenschaftlicher Bildung zerstört. Ein gezielter strategischer Schachzug des berühmt berüchtigten Feldherrn: Wer einem Volk die Quellen seiner Kultur und Geschichte nimmt, zwingt es in die Knie. Und auch die Republik Venedig war danach endgültig am Ende gewesen.

Die Führerin leitete die Gruppe nun hinaus zu den Klosterhöfen. Nachdem sie das Refektorium mit der Kopie des ebenfalls von den Franzosen gestohlenen berühmten Gemäldes von Paolo Veronese zu dem Fest, bei dem Jesus endlos Wasser in Wein verwandelt, ausgiebig betrachtet hatten, stand jetzt nur noch das Borges-Labyrinth aus.

»Pat hat mir 'nen Vogel gezeigt, als ich ihr mit der Idee von dem Anwalt über ihre Eltern kam«, raunte Leon seinem Vater zu, während die anderen schon ein Stück vorausliefen. »Sie meinte nur, ihre Eltern da mit reinzuziehen, wäre das Letzte, was sie tun würde.«

»Dann sollte vielleicht ich noch mal mit ihr reden«, entgegnete Vic beunruhigt.

»Bist du wahnsinnig?« Leon sah seinen Vater regelrecht panisch an. »Dann wäre klar, dass ich mit dir darüber gesprochen habe. Ich meine, ich sollte die anderen doch dazu bringen, bloß keinem sonst davon zu erzählen. Dann wäre ich für die aber ein echter Verräter!«

»Und hier sind wir nun bei dem Labyrinth angekommen, das anlässlich des 25. Todestages von Jorge Luis Borges im Jahre 2011 eröffnet wurde«, begann der Vortrag zu dem blickhohen Heckengeflecht, das den zweiten Klosterhof komplett ausfüllte. »Geschaffen hat es der Engländer Randoll Coate. Er hat weltweit an die fünfzig Hecken-Labyrinthe kreiert, doch dieses darf als sein Meisterwerk gelten.«

Pat hatte also gleich alles abgeschmettert! Hatte sie denn überhaupt kein schlechtes Gewissen? Und was war mit den anderen, die sie mit reinzog und die nur den Mund hielten, weil sie nicht zu Denunzianten werden wollten?

»Mit Borges verband Coate die Verschlüsselung und Enträtselung verwirrender Strukturen als Lebensthema, wie es in der Form von Labyrinthen seinen symbolischen Ausdruck findet«, fuhr die junge Frau fort, vermutlich eine Studentin, die sich mit solchen Führungen ein kleines Zubrot verdiente. »Coate lebte diese Leidenschaft zuerst als Geheimdienstler und Diplomat aus, dann als Labyrinthologe, Borges sein Leben lang als Schriftsteller. Diese künstlerische Manifestation des Labyrinthischen, die zuerst in einer Gartenanlage im Heimatland des Literaten verwirklicht wurde, auch nach Venedig zu holen, lag nahe.«

Damit hat die junge Dame definitiv recht, dachte Vic und daran, dass er sich nur in Toledo einmal so gnadenlos verlaufen hatte, wie es einem in Venedig ohne Navi tagtäglich wieder passierte.

»Nur in der Aufsicht wird erkennbar, dass Coate diesen Irrgarten als aufgeschlagenes Buch gestaltet hat und wie er mit den Heckenschlingen aus dreitausendzweihundert Buchsbäumen den Namen des großen Schriftstellers formte. Und das gleich doppelt und auf der gegenüberliegenden Seite in Spiegelschrift. Mit diesem starken Bezug zum Buch wird auch verständlich, warum dieses symbolträchtige Kunstwerk gerade auf der Isola di San Giorgio den rechten Platz fand«, erzählte die hübsche Brillenschlange weiter, die gewiss auch selbst ein begeisterter

Bücherwurm war. »Das *Labirinto di Borges* birgt aber noch mehr Anstöße, sich der Literatur des berühmten Argentiniers anzunähern. Entlang des über einen Kilometer langen Weges wird Ihnen eine Reihe von Objekten begegnen, die für Borges eine besondere Bedeutung hatten, darunter Spiegel, eine Sanduhr, ein Tiger und ein großes Fragezeichen. Achten Sie auch auf den Handlauf! Coate gibt darauf eine Erzählung von Borges in Braille-Schrift wieder. Eine sehr persönliche Reminiszenz an den Literaten, dessen Bekanntschaft Coate erst in den 1950er Jahren machte, als Borges bereits erblindet war.«

Inzwischen hatten sie den Einstieg in das Labyrinth erreicht.

»Trotz seiner Komplexität ist es fast unmöglich, sich in diesem Irrgarten zu verlieren. Ganz anders als Borges es auf das Leben bezogen sah. Das Labyrinth war ihm Symbol für das Gefühl der Verlorenheit des Menschen im zwanzigsten Jahrhundert, für den es kein Zentrum mehr gab, auf das er sich verlassen konnte. Die Realität wurde zu einem nicht mehr entzifferbaren Gewirr, in dem sich die Wege zu multiplizieren schienen.«

Als Ausdruck existenzieller Gefahr durch Orientierungs-losigkeit also hatte dieser Borges das Labyrinthische verstanden, dämmerte es Vic. Das war so ziemlich das Gegenteil der Mischung aus meditativer Loslösung und Entdeckerfreuden, die er selbst in Bezug auf diese Stadt damit verband. Aber sich in Venedig zu orientieren, war auch etwas anderes, als sich im Leben zurechtzufinden. Da kreuzten ständig andere Menschen mit ihren oft rätselhaften Motivationen und Zielen den eigenen Lebensweg, durchkreuzten ihn nicht selten, wirbelten alles so durcheinander, als hätten die Kanäle, Brücken und Palazzi, die in dieser Stadt zumindest immer an der gleichen Stelle blieben, Beine bekommen.

»Sollten Sie sich in diesem Irrgarten doch einmal verlieren, biegen Sie an den Abzweigungen einfach immer links ab, um zum Ausgang zu finden«, riet ihre Führerin, und Vic hätte sich gewünscht, eine so simple Lösung endlich auch für den Umgang mit Pat zu finden, deren Haltung ihm weiterhin schleierhaft war.

»Ich möchte mich jetzt verabschieden und wünsche Ihnen noch einen erkenntnisreichen Weg durch das Borges-Labyrinth!«

Eine halbe Stunde später saß Vic zwischen Leon und Greta an zwei für die Gruppe zusammengerückten Tischen auf der Terrasse des *San Giorgio Cafés*. Elle bestellte eine Runde Spritz.

»Schon nicht schlecht, sich Anfang April in der Sonne aalen zu können.« Genüsslich streckte Lene ihr blasses Gesicht dem wolkenlosen Himmel entgegen.

»Und endlich treten die Konturen dieser unvergleichlichen Skyline wieder klarer hervor«, ergänzte Elle und deutete schwärmerisch mit einem weiten Armschwung auf das breite Panorama, das magische Dreieck über dem Bacino di San Marco, das sich vor ihnen öffnete: Von der Kirche Il Redentore über die Basilica di Santa Maria della Salute bis zum Dogenpalast mit dem Markusdom.

Entspannte Begeisterung auf breiter Front, stellte Vic fest und fragte sich, ob er als einziger sich noch Gedanken über diese leidige Unfallgeschichte machte. Aber gut, Elle wusste vermutlich überhaupt nichts davon, und Lene sah das Geschehen vielleicht wirklich auch mit einem lachenden Auge, als möglichen Trumpf im Konkurrenzkampf mit Pat, wie Leon meinte. Und Pat? Die hatte einen Fuß auf den Sitz hochgezogen, ihr Kinn auf das mit den Armen umschlungene Knie gestützt und schaute wieder einmal teilnahmslos und abwesend hinüber zum anderen Ufer. Zwei Seelen in einer Brust, dachte Vic, als in ihm die Vorstellung aufstieg, wie sie Leons Berichten zufolge auf den nächtlichen Touren immer derart aufgedreht hatte, was so gar nicht zu dem Eindruck passen wollte, den sie sonst vermittelte. Oder irrte er, und ihre Gedanken kreisten wie seine gerade jetzt wieder darum, was sie angestellt hatte?

»Wer weiß, ob Dogenpalast und Markuskirche je derart prachtvolle Bauwerke geworden wären, wenn sich dieser Doge, Orseolo hieß der, glaube ich, nicht zu so einer überbordenden Wiedergutmachung verpflichtet gefühlt hätte. Der gehörte nämlich zu den Umstürzlern, die das ganze Machtzentrum Venedigs vor tausend Jahren in Schutt und Asche legten, wenn auch teilweise versehentlich≪, warf Vic ein, während er Pat ins Visier nahm, um ihre Reaktion zu beobachten.

Doch Pat zuckte nicht einmal mit der Wimper. Dafür hatte Leon begriffen, worauf sein Vater hinauswollte und versetzte ihm unter dem Tisch einen verhaltenen Tritt ans Schienbein.

Zu gerne wäre Vic noch deutlicher geworden, um Pat mit der Nase darauf zu stoßen, dass es um eine Parallele zu ihr ging, um eine Parallele in Bezug auf Schuld und Sühne, um ihre Verantwortungslosigkeit. Und doch machte das tatsächlich keinen Sinn, wenn er Leon damit in neue Schwierigkeiten brächte. Vic fühlte sich wie inmitten eines Labyrinths, in dem ihm drohte, auf Abwege zu geraten, die ihn zu einem Zentrum führen könnten, wo statt der erhofften Erlösung ein unkalkulierbares Ungeheuer wartete. Widerwillig folgte er Leons Aufforderung zum Rückzug.

≫Fiel mir nur gerade ein bei diesem Ausblick, weil mir erst gestern jemand die Geschichte von diesem Dogen erzählte und von seinem geistlichen Begleiter Romuald, von dessen Porträt doch nach dem Besuch der Galleria dell'Accademia schon mal die Rede war≪, faselte Vic ausweichend, konnte es sich dann aber nicht verkneifen, sein eigentliches Thema zumindest noch einmal zu streifen. ≫Und doch war es letztlich die innere Haltung der Reue, sein bald gewähltes Leben als büßender, frommer Einsiedler, das ihn schließlich zum Heiligen machte. Einem Heiligen mit solchen Wunderkräften, dass ihm sogar noch das Wiederauffinden der verbrannt geglaubten sterblichen Überreste des Heiligen Markus zugeschrieben wurde und seine eigenen Gebeine als Reliquien ebenfalls im Markusdom ihren Platz fanden.≪

≫Ein durchaus interessantes Gebiet kirchlicher Kunstschätze≪, warf Brandon grinsend ein. ≫Besonders, seit die Nachfrage das Angebot überstieg. Das muss in etwa seit den Lebzeiten dieses Orseolo so gewesen sein. Da haben sie die Heiligen dann einfach zerstückelt≪, fuhr er mit genüsslicher

Gruselbetonung fort, während er Pats Blick suchte, die ihn dann auch mit einem geradezu lasziven Ausdruck seelenverwandter Obsession für das Abseitige beantwortete. »Den Erhalt der Wunderwirkung auch von Reliquienteilen begründeten sie mit dem Prinzip: *Wo ein Teil ist, da ist das Ganze.* Besonders begehrt am Markt sind heute noch sogenannte sprechende Reliquiare. Das sind der Form eines Armes oder eines Beines nachgebildete goldene Behältnisse. Na ja, haben gleich dreifachen Wert. Das Ganze ist von einzigartig kunsthistorischer Bedeutung, die Schale taugt als harte Währung, und der Inhalt ist auf ewig gut für Wunder. Ich persönlich finde allerdings Ostensorien am spannendsten, solche gläsernen Gefäße mit Gliederteilen drin.«

»Und für so etwas gibt es einen Markt?« Vic fragte sich, wer wohl, außer diesem Brandon und der offensichtlich nicht minder abgedrehten Pat, Freude am Anblick uralter Leichenteile haben könnte.

»Wenn mal so ein Stück mit verlässlichen Dokumenten zu Echtheit und Herkunftsgeschichte auftaucht, überbieten sich vermögende Gläubige bis in Schwindel erregende Höhen. Schließlich sehen die in so einer Reliquie ein Medium zur unmittelbaren Verbindung mit dem Transzendenten, eine exklusive Standleitung zum lieben Gott sozusagen«, erwiderte Brandon und setzte an, einen Arm um Coras Schultern zu legen. Doch die entzog sich ihm mit einem kaum merklichen Abschütteln. Vic spürte Brandons Irritation und wie er diese Abfuhr geschickt zu überspielen versuchte, indem er seine Rede fortsetzte, als sei nichts geschehen. »Weiß ich aber auch nur vom Hörensagen. Solche Deals laufen im Verborgenen. Ist seitens der Kirche nämlich schon seit eh und je verboten, Heiligenreliquien zu verkaufen. Nur verschenken darf man sie – am besten gleich an die Pfaffen.«

»Diese im Labyrinth ausgestellten symbolischen Objekte aus der Literatur von Borges wirkten auf mich auch wie spirituell aufgeladene Überreste von einem Heiligen, von einem, den man unsterblich machen wollte«, warf Cora daraufhin ein.

»Und was wäre dagegen einzuwenden?«, entgegnete Greta spitz. »Überall in dieser Stadt begegnet man geheiligten Malern, Tizian, Tintoretto, Carpaccio, Bellini, Veronese und wie sie alle heißen. Die Leute beten sie an, pilgern in Scharen zu ihren Werken. Die Werke von Literaten dagegen fristen ihr Dasein versteckt zwischen zwei Buchdeckeln. Dabei haben sie neben dem rein ästhetischen Wert doch wohl noch mehr zu sagen, wie zum Beispiel Borges zum Labyrinthischen. Das ist schon ziemlich genial und berührt das ewig Gültige, was er da geschrieben hat.«

Vic überlegte: Würde dieser Borges vielleicht beim Herausfinden aus diesem Irrgarten helfen können, in den Pat ihn getrieben hatte? Jedenfalls waren dessen Symbole keine typisch christlichen, wie es eigentlich zu erwarten gewesen wäre bei einem Dichter, der aus einem erzkatholischen Land stammte. Dann hätte er sich die Aussage zusammenreimen können. Denn Labyrinthe in Kirchen standen, wie er im Dom von Aachen mit seinem berühmten Exemplar einmal erfahren hatte, für den Licht bringenden Jesus Christus im Zentrum, der die Gottlosen aus dem Umherirren im Labyrinth des Lebens erretten und auf den geraden Weg zum Erlöser führen sollte. Aber hatte Borges nicht gerade den Verlust dieser Orientierung in den Fokus gestellt?

»Welches ist denn das Schlüsselwerk von Borges zu diesem Thema?« Vic musste sich eingestehen, selbst nie etwas von diesem sogar mit einem Nobelpreis ausgezeichneten Autor gelesen zu haben.

»Für Coate soll es die Erzählung *Der Garten der Pfade, die sich verzweigen gewesen sein*«, schüttelte Greta wie erwartet eine Antwort aus dem Ärmel. »Die kommt als Spionagestory daher, in der es um die Suche nach einem Labyrinth zu gehen scheint. Dabei verwickeln sich die Handlungsstränge und Realitätsebenen immer weiter, bis die Geschichte selbst zum Labyrinth wird, in dem sich der Leser verirrt. Und deshalb entwarf Coate sein Labyrinth auch in Form eines Buches.«

≫Borges zieht den Leser also trickreich in ein Labyrinth hinein, was der aber erst begreift, wenn er schon mittendrin steckt?≪, resümierte Vic konzentriert.

≫Kann man so sagen≪, erwiderte Greta. ≫Sein Anliegen war es, das Labyrinthische sinnlich erfahrbar zu machen.≪

≫Und was hat er über die gedachten Prinzipien dahinter verraten?≪, hakte Vic lauernd nach.

≫In diesem Werk gar nichts≪, meinte Greta nachdenklich. ≫Wäre auch nicht sinnvoll gewesen. Denn mit dem Thematisieren des Labyrinthischen hätte er seine Absicht torpediert, den Leser selbst erkennen zu lassen, dass er sich in einem Labyrinth verfangen hat und ihn anzuregen, dieser Erfahrung nachzuspüren.≪

Vic entschlüpfte ein kleiner Seufzer. Er war also wieder in einer Sackgasse gelandet und sah nicht einmal den Zipfel eines rettenden Fadens, wie ihn einst Ariadne ihrem Theseus mit auf den Weg durch das Labyrinth des Minos gegeben hatte.

Achtes Kapitel

Aufgeregt schwanzwedelnd hüpfte Hugo wie ein Flummiball vor Magda auf und ab, die in der provisorisch eingerichteten Wohnküche des Palazzo Bembolo an der Herdplatte stand und Espresso aufbrühte.

»Was du hast mitgebracht?« Neugierig nahm sie Vic das in Papier eingeschlagene Brot und eine Tüte aus der Hand und spähte hinein. »Hmmm, Pane pugliese und Dolci gemacht mit Hefe, sehr schön!«

»Schön ist, dass du endlich wieder da bist!«, erwiderte Vic, zog sie an sich und vergrub seine Nase leidenschaftlich in ihrem wie immer verführerisch duftenden Haar.

»Aber ich bin doch schon da drei Tage«, lachte Magda, drückte ihm einen Kuss auf und schob ihn ein Stück von sich. »Die Leute von deine neue Torrefazione an Campo Bandiera e Moro sind wirklich sehr nett. Und so stolz auf ihre besondere Mischungen von Kaffee. Also ich habe gleich genommen eine nach geheime alte Rezept von diese Familie«, berichtete sie von ihrer Einkaufstour, während Vic seine Zeitungen auf dem Tisch ablegte. »Und du hast wieder drei Zeitungen gekauft? Aber letzte Tage du hattest schon nicht genug Zeit, so viel zu lesen«, wunderte sich Magda.

Vic hatte sie besorgt, um mögliche neue Erkenntnisse der Polizei zu dem Bootsunfall mitzubekommen. Nur konnte er ihr das nicht sagen, nachdem sie beschlossen hatten, Magda aus dieser Geschichte rauszuhalten.

»Es geht da um eine anstehende Entscheidung im Baurecht, die für unsere Arbeiten im Palazzo von Bedeutung sein könnte«, fantasierte er deshalb und spürte, wie inzwischen eine Lüge die andere nach sich zog und das bedrohliche Labyrinth sich immer weiter ausdehnte. Wie sehr es sich schon in seinem Gehirn breitgemacht hatte, war ihm eben erst wieder auf seinem Weg zur Via Giuseppe Garibaldi bewusst geworden, wo er seine Einkäufe erledigte. Vom Campo San Martino aus war er die Fondamenta degli Arsenalotti entlanggegangen, vorbei an den zwei kleinen Brücken, die sich zu den Palazzetti des Arsenals hinüberkrümmten. Doch statt des berauschenden Genusses, der sich bislang auf diesem pittoresken Weg zum Landzugang des Arsenals einstellt hatte, drängten sich diesmal die Namen der beiden Brücken in den Vordergrund, *Ponte del purgatorio* und *Ponte dell'inferno*, die Brücken des Fegefeuers und der Hölle. Und vor dem mächtigen Eingangstor angelangt, war ihm gewesen, als schaute der erhaben wachende Meeresgott mit erzürnt blitzenden Augen auf ihn herab und lenkte seinen Blick auf die nahe Büste des Dante Alighieri. Und die erinnerte ihn bedrohlich an die Höllenqualen, wie sie der große mittelalterliche Dichter in seiner *Göttlichen Komödie* aufs Fürchterlichste ausgemalt hatte. So war Vic auf die nächste Brücke zugestürmt, als sei der Teufel persönlich hinter ihm her. Doch auch ihre verheißungsvolle Bezeichnung als *Ponte del paradiso*, als Brücke des Paradieses, vermochte sein beängstigendes Unbehagen nicht zu tilgen.

Auf dem Rückweg hatte er dann einen großen Bogen um das Arsenal gemacht.

≫Colazione, ragazzi!≪, rief Magda, um Stella und Leon an den Frühstückstisch zu beordern.

Dann reichte sie Vic einen Espresso.

≫Bei *Caffè Girani* ist geschrieben: *Il caffè deve essere caldo come inferno, nero come il diavolo, poro come un angelo e dolce come l'amore.* Was hast du?≪

Magda hatte also mitbekommen, wie er zusammengezuckt war, als sie sagte, der Kaffee solle heiß sein wie die Hölle und schwarz wie der Teufel.

≫Ach nichts≪, wehrte Vic ab und versuchte, sich auf den zweiten Teil der Metaphern zu konzentrieren. Darauf, dass der

106

Kaffee zudem so rein sein sollte wie ein Engel und so süß und mild wie die Liebe. »Schmeckt himmlisch!«, sagte er dann, dachte aber, wie teuflisch es doch war, in dieser Stadt auf Schritt und Tritt an seine Sündhaftigkeit erinnert zu werden und sich am Abgrund zur Verdammnis zu wähnen. Er brauchte dringend ein wenig Ablenkung und das an einem Ort, an dem er sicher wäre vor solchen höllischen Konfrontationen.

»Wie wäre es, wenn ich ein bisschen umdisponiere und etwas erledige, aus dem wir einen gemeinsamen Ausflug machen könnten?«

»Buona idea!« Magdas Augen leuchteten. »Und wo wir gehen hin?«

»Ich müsste mir die technische Lösung zum Abhalten des Hochwassers im Palazzo Querini-Stampalia noch einmal genauer anschauen. Meinen ersten Besuch dort musste ich abbrechen, weil mir ein dringender Termin dazwischenkam«, erklärte Vic und sah den göttlichen Wirt für diese Lüge einen weiteren Strich auf seinen persönlichen Bierdeckel setzen.

»Wir schauen an eine technische Lösung?« Magdas Mundwinkel hatten augenblicklich die Richtung geändert.

»Keine Sorge«, lachte Vic. »Es ist kunstvolle Architektur, die wir zu sehen bekommen. Die Technik dahinter wirst du gar nicht wahrnehmen. Und anschließend gehen wir noch auf den Campo Santa Formosa. Habe da eine nette Bar entdeckt.«

»Wir gehen nach Santa Formosa?« Magdas Gesicht hellte sich wieder auf. »Dann ich kann auch noch schauen ein bisschen Geschäfte.«

»Kannst du, mein Schatz«, antwortete Vic mit einem verhaltenen Seufzer und rief noch einmal nach ihren Sprösslingen.

»Sind doch schon da«, meldete sich Leon, der soeben mit Stella hereinkam. »Morgen, übrigens!«

»Buongiorno! Gut geschlafen?«, zwitscherte Magda lächelnd und reichte ihrem Sohn einen Kaffee. »Wie sind eure Pläne für heute?«

»Ich hab' ab mittags Uni«, antwortete Stella. »Bin aber zum Abendessen wieder da.«

»Und ich bin mit Cora verabredet. Sie will mir ihre Arbeiten zeigen.«

»Ach nee!«, säuselte Stella grinsend.

»Was, ach nee?«

»Hat dir Pat tatsächlich mal freigegeben? Oder hat dir etwa Brandon deine Rolle geklaut?«

»Soll der doch mit dieser durchgeknallten Pat rummachen. Ich hatte da sowieso keinen Bock mehr drauf, und Cora nicht mehr auf Brandon.«

»Na, da hast du ja richtig Glück gehabt«, stichelte Stella weiter.

»Ist mir echt gerade mal wieder zu blöd hier«, polterte Leon und schnappte sich zwei Hefeteilchen. »Ich geh dann mal. Bis heute Abend!«

Kaum hatten Vic und Magda den Palazzo Querini-Stampalia betreten, inspizierte er auch schon die erste Bodenschicht. Sie fungierte als Auffangbecken für das eintretende Hochwasser, das sich von dort in seitlichen und unterirdischen Kanälen weiter durch das Haus schlängelte. Und offensichtlich floss auch ein Teil dieses Wassers in den Bereich hinter dem Haus.

»Kommst du mit in den Garten?«

Sie passierten die Glastür nach draußen.

»Schau mal da, der alte Brunnen und der Steinlöwe auf den Betonsockeln! Solche Relikte aus vergangenen Zeiten regelrecht auszustellen, das ist typisch für Scarpa!«, bemerkte Vic beeindruckt. Sie schlugen den Weg über ein paar langgestreckte Stufen ein, wo Vic einen schmalen Kanal entdeckte, der in die Rasenumrandung eingelassen war. Er mündete in eine labyrinthische Komposition aus eckigen Verläufen in geflammtem Marmor, die über Wasser lag und es doch auch selbst führte, verwirrend und reizvoll geheimnisvoll und genauso, wie es auch zum Wesen Venedigs gehörte.

Fasziniert zog es ihn weiter auf zwei versetzt errichtete Betonmauern zu, die dem Blick die Sicht auf die weitere Wegführung versperrten. Es wirkte auf Vic wie eine sinnliche Metapher für das Gefühl, das sich einstellte, wenn man durch das dichte Geflecht der engen Gassen dieser Stadt streifte. Und mit nur einem einzigen schillernden Streifen aus gold-schwarzen Mosaiksteinen im grauen Beton hatte Scarpa das unterbewusste Vertrauen auf die beglückende Wiederbegegnung mit der unvergleichlichen Schönheit Venedigs hinter jeder Mauer eingefangen.

Vorbei an einem doppelt gerahmten Wasserbecken, in dem sich ein zweites, von Mosaikstreifen durchzogenes, flaches Becken nach hinten ausdehnte, gingen sie nun an der begrünten Rückwand des Gartens entlang auf seine andere Seite. Dort offenbarte sich zwischen dem alten Brunnen und dem antiken Löwen noch ein weiteres Stück dieses rätselhaften Kanalsystems. Es war ein schneckenförmiges Becken, das auf Vic wie ein japanisch meditatives Pendant zu dem angedeuteten Labyrinth auf der gegenüberliegenden Seite des Wasserlaufs wirkte.

»Und was schauen wir jetzt an? Die Sammlung von Gemälde oder die Bibliothek oder was?«, riss Magda ihn aus seiner tiefen Faszination.

»Wenn es dir recht ist, heben wir uns das für ein andermal auf«, schlug Vic angesichts der vielen Eindrücke vor, die ihn schon jetzt intensiv beschäftigten.

Magda stimmte lächelnd zu, während ihre Gedanken bereits in die nahe Ruga Giuffa mit ihren kleinen Boutiquen zu fliegen schienen.

Erst auf dem Weg hinaus nahm Vic wahr, dass schon die mit einem großformatigen Mosaik belegte Fläche am Eingang der ausgeklügelten Konzeption Scarpas folgte. Auch sie war erhöht gebaut und von seitlich verlaufenden Rinnen umgeben, so dass sie bei Acqua alta vom Wasser umspült würde und als darauf schwebende, glänzend farbflirrende Plattform wie ein fliegender Teppich wirken musste. Das ist genial!, dachte Vic geradezu demütig. Scarpa hatte eine wahrhaft herausragende Komposition venezianischer Architektur geschaffen, die Altes und Neues empfindsam zusammenfügte. Und er hatte dabei perfekt mit dem wichtigsten ästhetischen Instrumentarium dieser Stadt gespielt: Mit Licht und Farben, mit unterschiedlichen natürlichen Materialien und besonders mit dem Wasser. Und Scarpa war dabei einem ganz ungewöhnlichen Denken gefolgt, nämlich das eindringende Wasser nicht abzuwehren, sondern ihm den Eintritt in kontrollierten Bahnen zu gewähren, ihm nachzugeben, um es nun gelassen bestaunen zu können. Das hat schon etwas Philosophisches und ist wahre Kunst, dachte Vic über die Maßen beeindruckt, und wie einem in solchen seltenen Momenten die Einheit des Schönen, Wahren und Guten intuitiv entgegentritt, als er sich gedankenverloren neben Magda in der *Zanzibar* am Fuße des Campaniles von Santa Maria Formosa niederließ. Ob es ihm gelingen würde, aus diesen phänomenalen Eindrücken Ideen für die Umgestaltung des Wassergeschosses im Palazzo Bembolo zu entwickeln?

≫Sai già cosa ordinare?≪, erkundigte sich die junge Bedienung nach ihren Wünschen.

Vic sah auf, bestellte zwei Spritz und erstarrte, als die Kellnerin zurück zur Bar strebte und den Blick auf den seitlichen Eingang des Campaniles freigab. Über der Pforte hing eine steinerne Fratze mit allen nur erdenklichen Attributen des Abstoßenden: Über einem groben, schrägen Maul mit weit auseinanderstehenden Zähnen und einer schiefen Knollennase voller Warzen glotzte ihn ein Auge, halb zugedrückt von einer ekelhaften

110

Geschwulst, voll dreister Lüsternheit an, während das andere verdreht in eine andere Richtung schielte. Eine wahre Ausgeburt des Teuflischen!

Es ist doch der Wahnsinn, wie die eigenen Gedanken und Stimmungen, wie persönliche Ängste und Sehnsüchte unsere Wahrnehmung beherrschen, wie sie unentrinnbar darüber bestimmen, was uns ins Auge springt oder unweigerlich ans Ohr dringt, dachte Vic und schüttelte unwillkürlich den Kopf.

»An was denkst du?« Magda klang besorgt.

»Ach, nichts weiter«, entgegnete Vic ausweichend, während er nach einer unverfänglichen Erklärung für die ungewollt offenbarte Irritation suchte, ohne ihren Zusammenhang mit seinem labyrinthischen Dilemma preisgeben zu müssen. »Ich habe mich nur gefragt, was eine derart monströse Darstellung an einem Kirchturm zu suchen hat.«

»Was dir alles auffällt!«, lachte Magda. »Soll vielleicht heißen: Wer zu viel sauft und rauft, den holt der Teufel schon, wenn er ist noch am Leben.«

»*Säuft* heißt das, cara mia«, korrigierte Vic sie in zärtlichem Tonfall und hob sein Glas.

»Das ist jetzt aber schade«, entgegnete Magda mit gespieltem Schmollen.

»Was?«

»Dass es heißt *säuft* und nicht *sauft*.«

»Wieso?«

»Weil ich habe mich gerade gefreut, dass ich habe fast ein bisschen gereimt auf Deutsch.«

Vic schlang einen Arm um ihre Schultern, zog sie an sich und flüsterte ihr sanft zu: »Dann lassen wir es einfach dabei, so als dichterische Freiheit. Cincin!«

Neuntes Kapitel

Wie viel schöner war doch das Leben in Venedig noch, wenn Magda da war! Jetzt nahm Vic sich sogar jeden Tag Zeit, mittags eine ausgiebige Pause zu machen. Meist setzten sie sich dann ans offene Wassertor, schauten auf den glitzernden Kanal hinaus und verspeisten ein paar köstliche Cicchetti oder Tramezzini, deren Zusammenstellung sich Magda in den Bàcaros abschaute und für die sie am Vormittag die frischen Zutaten besorgte und gekonnt verarbeitete. Für heute aber hatten sie verabredet, sich in einer Trattoria um die Ecke mit Leon zu treffen, der mit Cora, der angehenden Malerin, irgendwo in der Stadt auf Motivsuche war.

Als letzte Aufgabe des Vormittags hakte Vic das Telefonat mit seinem Terrazziere auf der To-do-Liste ab. Endlich hatte er einen Termin, um die Auswahl der Farbkombinationen für den Bodenbelag der Räume im obersten Stockwerk des Palazzos zu besprechen und wollte sich gerade auf den Weg machen, als es an der Haustür schellte. Zu seiner großen Überraschung stand Elle vor der mächtigen Eichenpforte. Er bat sie herein, und sie fragte nach Pat.

»Ich muss Sie leider enttäuschen. Pat ist nicht da«, erklärte Vic und hoffte, Elle damit gleich wieder loszuwerden. Doch sie blieb unbeeindruckt vor ihm stehen.

»Sie haben sich also entschieden, die Dinge mit ihr zu klären«, konstatierte Vic und dass Elle als Besitzerin des Unfallbootes inzwischen auch von der Geschichte gehört hatte und reinen Tisch machen wollte. Doch so befreiend das klang, so sehr musste er auf der Hut sein, um zu verhindern, dass es für Leon gefährlich würde.

»So ist es«, erwiderte Elle. »Aber wann immer ich auf Pat stoße, entzieht sie sich.«

»Genauso ist es Leon ergangen«, berichtete Vic und dachte an das prompte Abschmettern seines Vorschlags. Seither hatte Leon auf seinen Rat hin Abstand zu Pat gehalten, um nicht noch in weitere verhängnisträchtige Abenteuer verwickelt zu werden.

»Ich würde deshalb gerne mal einen Blick in ihr Atelier werfen.«

»Auch da ist sie definitiv nicht«, winkte Vic ab. »Ich hatte oben zu tun und bin gerade noch mal an der Tür vorbeigekommen. Sie ist verschlossen.«

»Und sie haben keinen Zweitschlüssel?«

»Doch, schon«, antwortete Vic irritiert. »Aber sie ist ganz sicher nicht da.«

»Das macht nichts«, erwiderte Elle. »Ich werde auch so sehen können, was ich sehen muss. Wenn Sie so freundlich wären, mir oben aufzuschließen?«

Während Vic in die Wohnküche ging, um den Schlüssel zu holen, zermarterte er sich das Hirn, was um alles in der Welt Elle im Atelier aufzuspüren hoffte. Vielleicht einen Eintrag in einem Tagebuch, der Pats Schuld belegte? Oder ein ausgedrucktes Foto, das einer der anderen von dem Geschehen geschossen hatte und mit dem sie beweisen könnte, dass Pat und nicht ihr Neffe das Boot steuerte, als es zu dem Unfall kam?

Als Vic das Atelier öffnete, konnte Elle es kaum erwarten, endlich einzutreten.

»Danke, mein lieber Viktor. Ich komme dann allein zurecht«, verkündete sie zuckersüß, aber unmissverständlich.

Ein wenig pikiert zog er sich zurück, lehnte die Tür zum Atelier an, ging ein paar Schritte und tippte eine SMS an Magda ins Handy, um ihr mitzuteilen, dass er sich verspäten würde. Dann hörte er Elle telefonieren.

»Ich bin in Pats Atelier und kann nicht glauben, was ich sehe, Brandon! Ich sehe nämlich nichts, aber auch rein gar nichts, außer einem mords Equipment, das noch nicht einmal benutzt

worden zu sein scheint. Und nicht eine Skizze, nicht ein Ideen-
papier! – Ja, ja, ich weiß, dass du dich um sie gekümmert hast.
Aber es ist offensichtlich absolut nichts dabei herausgekommen!
Wir haben nur noch vier Wochen bis zur Biennale-Eröffnung.
Uns läuft die Zeit davon!« – Und dann: »Nein, Brandon, ich
habe das kommen sehen und mir schon etwas anderes überlegt.
Ich erkläre es dir, wenn ich zurück bin.«

Da wird doch der Hund in der Pfanne verrückt!, dachte Vic
konsterniert. Es ging ihr also gar nicht um den Unfall! Aber
vielleicht wusste Elle auch bis heute überhaupt nichts davon. Da
war wohl sein Wunsch der Vater seines Gedankens gewesen.

»Postblau, mein Lieber! Eleanor Whitman hier! Wie gut, dass
ich Sie gleich erreiche«, hörte Vic Elle nun ein zweites Mal
telefonieren. »Ich weiß nicht, ob Sie mitbekommen haben, dass
Ihr Schützling vor der Chance ihres Lebens steht? – Ja, ja, der
Gortschew-Artikel, genau. Also, was ich Ihnen zu sagen habe,
erzähle ich Ihnen jetzt ganz im Vertrauen. Wir verstehen uns? –
Gut. Gortschew ließ durchblicken, dass Malton durch seinen
Artikel aufmerksam geworden ist. – *Der Malton*, exakt! Sie
wissen, dass der demnächst mal wieder wechselt? – Als desig-
nierter Direktor des *London Contempo Museums* wird er noch
mehr Einfluss in der Kunstszene haben. – Nein, natürlich hat
Malton nicht persönlich mit Gortschew Kontakt aufgenommen.
Das war Sandra Miller. – Genau, die Galeristin. Aber, was kaum
jemand weiß: Sie ist mit Malton verheiratet. Da geht alles ver-
lässlich Hand in Hand. Malton sichtet die Newcomer, und Miller
nimmt sie dann unter Vertrag und stellt sie aus. Und wenn dieser
Testflug einigermaßen erfolgversprechend verläuft, überlegt sie,
in welche bedeutenden, preissteigernden Sammlungen dieser
junge Künstler passen könnte, macht die Sammler heiß und
sichert sich per Vertrag den Zugriff auf neue Werke dieses
Künstlers. Und der erscheint dann bald auch schon wie zufällig
in der Planung für eine Gruppen-Ausstellung in dem Kunst-
tempel, den Malton gerade leitet oder in einem anderen

renommierten Museum, wohin er Beziehungen hat. Was auch das für die Wertsteigerung bedeutet, muss ich Ihnen nicht erklären. Und von Gortschew weiß ich nun, dass Malton und Miller zu Beginn der Biennale Mitte Mai nach Venedig kommen werden. Also habe ich in meinem Palazzo eine kleine Einzelausstellung für Pat vorgesehen, die Gortschew mit Sandra Miller besuchen wird. Nur ist unsere liebe Pat gerade dabei, ihre Chance zu verspielen. Seit sie in Venedig ist, hat sie offenbar nicht ein einziges neues Werk geschaffen, und ich bin mir nicht einmal sicher, ob sie überhaupt irgendwelche Ideen hat. Es müssen aber neue Werke her und zwar welche, die das jetzt Gezeigte noch entscheidend toppen und das schleunigst! Und da ich weiß, dass Sie von Anfang an Pats künstlerischer Begleiter waren, dachte ich, dass es auch Ihnen das Herz brechen würde, wenn ihr diese Chance entginge. Es ist eine so einzigartige Chance, wie sie die kaum jemals wieder bekommen wird. Und ich denke, Sie sind einer der wenigen, wenn nicht der Einzige, der weiß, welche Hebel man umlegen muss, um Pats künstlerische Produktivität zu aktivieren. Wir haben einfach keine Zeit, auf zufällige Impulse zu warten. Deshalb wollte ich Sie fragen, ob Sie spontan noch einmal für ein paar Tage nach Venedig kommen könnten. Die Kosten würde natürlich ich übernehmen, auch für Ihr Kommen im Mai zu der Ausstellung, wo ich Sie und Ihr Schaffen dann auch Sandra Miller persönlich vorstellen würde. – Freut mich, dass Sie das auch als große Chance für sich begreifen, mein lieber Postblau! Nun, was meinen Sie? Wann könnten Sie denn fliegen?«

Was Vic da eben zu hören bekommen hatte, ließ ihm den Atem stocken. So also wurden in der Kunstszene Stars gemacht, und so verdienten auch die Strippenzieher im Hintergrund das große Geld! Er hörte, wie Elle ihr Telefonat beendete und entfernte sich rasch noch ein paar Schritte von der Ateliertür, als Elle sie auch schon aufstieß.

»Ich verabschiede mich dann mal wieder«, meinte sie beschwingt und wandte sich zur Treppe. »Wollen Sie wieder abschließen?«

Nachdem Vic das erledigt hatte, folgte er ihr ins Erdgeschoss.

»Haben Sie vielen Dank, Viktor. Wir sehen uns!«, verabschiedete sie sich zufrieden lächelnd. Und schon war sie verschwunden.

Sie hatte offenbar nicht realisiert, dass er alles mit angehört hatte. Vic fragte sich, ob dieses durchtrieben abgekartete Spiel, dieses von außen unsichtbare, raffiniert gewobene Spinnennetz, eine Ausnahme war oder der Kunsthandel in aller Regel so funktionierte. Er war jedenfalls heilfroh, damit nicht näher zu tun zu haben.

Als Vic mit einer Viertelstunde Verspätung den Campo do Pozzi erreichte, saß Magda schon bei einem Aperitif vor der Trattoria im rötlichen Licht ihrer Markise. Sie hatte den Vormittag für die Suche nach einem luftigen Sommerkleid nutzen wollen.

»Tut mir leid, aber Mrs Whitman stand plötzlich unangemeldet vor der Tür und hat mich aufgehalten.« Vic ließ sich in einen der bunten Metallsessel fallen.

»Kein Problem«, meinte Magda. »Ist nett hier auf diese kleine Campo, den Leon hat vorgeschlagen. Hast du gesehen, dass diese einfache Lokal ist in eine wunderschöne Palazzo? Du musst mal schauen, da von diese Brunnen aus.«

Nachdem er aus einer engen Seitengasse gleich unter der Markise her an Magdas Tisch geschlüpft war, erhob er sich noch einmal und tauchte unter dem breiten Sonnenschutz hinaus auf die Mitte des Platzes. Und tatsächlich! Es war ein zauberhafter, ein wenig verwitterter Palazzo, dunkelrosa getüncht, in veneto-byzantinischem Stil, dieser traumhaften Mischung aus Orient und Okzident, die er ganz besonders liebte.

≫Aber warum heißt dieser Platz bloß *do Pozzi*, also zwei Brunnen? Er hat doch nur einen?≪, fragte sich Vic, als er wieder auf Magda zutrat.

≫Manchmal es ist gut, wenn du kommst zu spät. Aber nur manchmal≪, erwiderte Magda mit einem Augenzwinkern. ≫So heute ich konnte den Wirt schon fragen, weil ich habe mich auch gewundert. Er hat gesagt, dass in eine Plan von Venedig, der ist schon fünfhundert Jahre alt, es sind zwei Brunnen gezeichnet. Also es war früher einmal so, und später sie haben es geändert.≪

≫Aha, so ist das also≪, meinte Vic und angelte nach der Einkauftüte, die Magda neben sich abgestellt hatte. ≫Lass mal sehen, was du gekauft hast!≪

Sie gab ihm einen zärtlichen Klaps auf die Hand. ≫Nein, nein! Ich zeige dir!≪

Sie hob die Tüte auf ihren Schoß und zog mit verliebtem Blick ein in Pfirsichfarben changierendes Etuikleid heraus.

≫Wow! Seide?≪ Vic strich behutsam über den in der Sonne edel schimmernden Stoff. ≫Endlich mal wieder ein Kleid, in dem ich deine wundervollen Kurven genießen darf, auch wenn sie verpackt sind. Und wie die Farbe zu dieser Stadt passt! So als zarter Kontrast zu dem sanften Türkis der Kanäle.≪

≫Ciao, ciao!≪, tönte es da vom Campo her. Leon kam mit einer Zeichenmappe unter dem Arm und Cora an seiner Seite auf sie zugeschlendert.

≫Bist du jetzt auch unter die Maler gegangen?≪

≫Sind ihre Zeichnungen von heute Morgen≪, erklärte Leon und wandte sich seiner Mutter zu. ≫Darf ich vorstellen? Cora!≪

Nachdem sich die beiden begrüßt hatten, ergriff Magda in geübter Stewardessenmanier den erstbesten Anknüpfungspunkt, um ihrem Gegenüber den Einstieg in ein Gespräch zu Füßen zu legen: ≫Sie studieren Malerei in bella Venezia?≪

≫Ich bin leider nur für ein Erasmus-Semester hier an der Kunstakademie≪, erklärte das Mädchen auch dankbar lächelnd.

≫Und warum gerade hier?≪, hakte Magda nach.

≫Das hat mit William Turner zu tun. Ich liebe seine späten Werke, diesen Rausch transparenter Farben. Und das hat er in dieser Stadt entwickelt.≪

≫Sagt mal, wollen wir nicht erst mal bestellen, bevor wir uns in die hehre Kunst vertiefen? Wer mag sich mir mit Muscheln anschließen?≪ Vic knurrte der Magen.

≫Ich mag auch Muscheln, aber nicht diese normale Vongole. Ich nehme Caposante≪, entschied Magda mit Blick in die Speisekarte. Leon bevorzugte eine Platte mit Schinken, Salami und Mortadella. Und Cora wünschte sich einen Salat. Dazu orderte Vic einen frischen Chardonnay aus dem Veneto.

≫Kennt ihr solche Bilder von Turner eigentlich?≪, fragte Leon und tippte und wischte schon auf seinem Smartphone herum. ≫Guckt mal! Das hier zum Beispiel.≪ Er hielt seinen Eltern ein Bild unter die Nase, auf dem außer einer Wolke aus Gelbtönen kaum etwas zu erkennen war. ≫Das Bild heißt *Das Fest am Ufer Riva degli Schiavoni*. Kann man in dem Miniformat natürlich nicht so toll sehen.≪

≫Na ja, auch im Original sind die Menschen und die Gebäude kaum zu erkennen≪, ergänzte Cora zurückhaltend. ≫Aber darum ging es Turner auch gar nicht mehr. Was für ihn in seinen späteren Jahren zählte, war der Ausdruck seiner gefühlten Beziehung zu dem, was er sah.≪

≫Sieht sehr modern aus≪, wunderte sich Magda. ≫Ich erinnere mich an eine andere Bild von ihm aus Venedig. Da man konnte aber genau sehen die Schiffe vorne auf Canal Grande mit alle Details in kräftige Farben.≪

≫Solche Bilder standen noch in der Tradition der romantischen Landschaftsmalerei. Aber dann hat dieses so besondere, vom Wasser beeinflusste Licht Venedigs für Turner alles verändert. Außerdem war er hier auch schon der dramatischen Farbigkeit von Tintoretto und Tizian begegnet und den in verwaschenen Pastelltönen wiedergegebenen Darstellungen des Himmels über Venedig durch andere Maler wie Canaletto. Und plötzlich wurde Turner zum Maler des farbigen Lichts. Claude Monet verzauberten diese Bilder derart, dass er einen neuen Stil daraus entwickelte, der ihn dann berühmt machte. Aber eigentlich war es eben schon Turner, der den entscheidenden Schritt zur modernen Malerei, zum Impressionismus, gemacht hat.≪

≫Und den haben die Leute dann nicht für verrückt erklärt? Ich meine, dem Van Gogh ist das doch passiert, als er plötzlich so ganz anders gemalt hat als alle anderen≪, meldete sich Leon wieder zu Wort, was Vic wie Öl runterging. Seine kleine Lektion in Kunstgeschichte als Frühstücksbeilage war also angekommen und hängengeblieben. Dass Leon es vermutlich nur wieder ausgegraben hatte, um dieses wirklich attraktive Mädel zu beeindrucken, stand auf einem anderen Blatt. War aber doch eigentlich auch egal, was einen jungen Menschen für das Interesse an den wirklich großen Dingen gewann. Und auch Leons Absicht erfüllte sich: Cora schien beeindruckt, dass ihr Mappenträger dazu etwas zu sagen wusste.

≫Turner ging das schon erst einmal ähnlich. Aber er hatte einen einflussreichen Landsmann auf seiner Seite, John Ruskin. Der verehrte sein Werk und schrieb ein ganzes Buch zur Verteidigung von Turners neuer Art, die Dinge zu sehen und zu malen≪, erklärte Cora so leidenschaftlich, dass ihre Wangen leicht zu glühen begannen.

Derweil walkte Leon unruhig seine Lippen durch. Vic ahnte, dass er verzweifelt nach irgendetwas Schlauem suchte, was er noch beitragen könnte.

≫Ruskin – da klingelt was bei mir≪, warf Vic ein, um Leon noch ein bisschen Luft zu verschaffen. ≫Der ist mir mal im Studium untergekommen, allerdings mit seinen Grundsätzen für gute Architektur. An die wurde ich vor ein paar Tagen erst wieder im Palazzo Querini-Stampalia erinnert. In seinem Garten hat der große venezianische Architekt Scarpa einige Teile von alten

Statuen nicht wie üblich auf rekonstruierten antiken Sockeln platziert, sondern auf Betonquadern. Damit betonte er die *historische Wahrheit*, indem er deutlich zeigte, dass ausgestelltes Stück und Sockel aus unterschiedlichen Epochen stammen. Und es ist in der ganzen Anlage nicht zu übersehen, wie viel Scarpa von Ruskins Auffassung über gelungene Baukunst hielt. In diesem Garten zeugt so einiges davon, wie die asymmetrisch angelegten Wasserbecken und die aus geflammtem Stein ganz unterschiedlich geformten Labyrinthe des Kanalsystems. Das alles sind einzigartige, kunstfertig von Hand und mit Hingabe geschaffene Originale, ganz nach der Natur mit ihrer unendlichen Vielfalt an Formen und Farben, so wie Ruskin es in seinem Prinzip für *Schönheit* formulierte.«

»Zeig doch mal die Zeichnungen, die du vorhin gemacht hast!«, durchkreuzte plötzlich Leon das Thema.

Cora stützte ihre Mappe auf den Schoß und zog drei Blätter heraus. »Sind nur ein paar Detailstudien.« Sie reichte Magda das erste Blatt.

»Wir waren auf dem Campo Santa Ternità«, erläuterte Leon. »Der liegt nur ein paar Gassen entfernt von hier.«

»Und da gibt es diese ovale Stufen zum Canale?« Angetan beäugte Magda die Zeichnung.

»Die sind von dort auf der anderen Seite des Kanals zu sehen.« Leon gab ihr zwei weitere Blätter. »Und da ist jetzt die Brücke über den Rio di San Francesco della Vigna mit drauf. Und dann hat Cora noch die Gartenmauer mit ihren Zinnen dazu gezeichnet und ein paar Bäume und ein bisschen was vom Palazzo dahinter angedeutet. Schon irre, oder?«

»Das sind wirklich sehr schöne Zeichnungen.« Lächelnd reichte Magda die Blätter an Vic weiter, während der aus dem Augenwinkel beobachtete, wie Leon ihre Reaktionen auf diese kleinen Arbeiten seiner neuen Flamme lauernd verfolgte.

»Das machen die Bögen«, eiferte Leon aufgedreht. »Cora, erklär doch noch mal!«

»Also, das hat auch was mit Ruskin zu tun«, begann sie zögerlich und schaute in die Runde, als wollte sie sich versichern, die anderen mit ihren Ausführungen nicht zu langweilen. Doch alle Augen waren gebannt auf sie gerichtet. »Wie viele andere seiner Zeit hat Ruskin gut zeichnen können und nutzte diese Fähigkeit auch zuerst aus ganz praktischen Gründen. Ich weiß nicht, ob Sie sein Buch *The Stones of Venice* kennen?«

»Schon mal davon gehört«, bekundete Vic und gab Cora die Blätter zurück. »Darin hat er die wichtigsten Bauwerke Venedigs in Zeichnungen erfasst, nicht wahr?«

Cora nickte.

»Genau. Er hat das gemacht, weil er seit seinem ersten Venedig-Besuch überwältigt war von dieser Stadt. Und dann musste er miterleben, wie sein *paradise of cities* durch stadtplanerische Umbauten bedroht wurde. Schon Napoleon hatte in Castello eine ganze Reihe von Kirchen und Klöstern abreißen und ausgedehnte Kanäle zuschütten lassen, um eine Flaniermeile zu schaffen: Die heutige Via Garibaldi, mit den *Giardini* als großer Parkanlage dahinter. Und zu Zeiten von Ruskins Anwesenheit in Venedig wurde dann die breite Schneise zwischen Santa Fosca und dem Campo dei Santi Apostoli ins verwinkelte Herz Venedigs geschlagen, der auch viele wertvolle Palazzi zum Opfer fielen. Ruskin sah sich am Beginn einer menschengemachten Zerstörung des alten Venedigs, sah seine Lieblingsstadt *wie Zucker im heißen Tee dahinschmelzen*, wie er schrieb. Daher beschloss er, die architektonischen Schätze der Stadt zumindest im Bild für die Nachwelt zu erhalten. Mit dem Stift, denn die Fotografie steckte noch in den Kinderschuhen. Und als keine zehn Jahre nach Veröffentlichung dieser Sammlung von Zeichnungen dann auch noch die Kirche Santa Lucia am Canal Grande für den Bau des Bahnhofs abgerissen wurde, muss er sich in seinen bösen

Ahnungen bestätigt gefühlt haben. Ups, jetzt bin ich aber irgendwie vom Thema abgekommen.≪

≫Du wolltest das mit den Bögen erklären≪, soufflierte Leon, als der Wirt und ein junges Mädchen das Essen servierten.

≫Ich liebe Jakobsmuscheln!≪, jubelte Magda beim Anblick der überbackenen weißen Leckerbissen auf geöffneten Muschelschalen.

≫Und ich den spritzigen Weißen dazu≪, erklärte Vic und schenkte allen ein, bevor er die Flasche in einem silbernen Eiskübel versenkte. ≫Cincin!≪

≫Und was ist das jetzt mit diese Bögen?≪, nahm Magda den Faden ihrer Unterhaltung wieder auf, nachdem sie das erste Stück Muschelfleisch genüsslich auf der Zunge hatte zergehen lassen.

≫Es geht dabei um einen von Ruskins Hinweisen zur Komposition von Bildern.≪ Cora fischte noch einmal ihre umfassendste Zeichnung aus der Mappe. ≫Ruskin waren Bögen im Bildaufbau besonders wichtig. So wie hier der Brückenbogen als größter in den Vordergrund tritt. Dann sind da aber auch noch die gebogenen Linien des Ovals der Treppe zum Wasser und da oben die kleinen Zierbögen unter den Zinnen und dort die gedachte gebogene Linie über den Spitzen der Bäume. Solche Krümmungen leiten den Blick des Betrachters, vermitteln ihm, was thematisch im Mittelpunkt steht und was untergeordnete Themen sind und wie das alles miteinander zusammenhängt.≪

≫Und so man lernt es an diese Akademie?≪ Magda war beeindruckt.

≫Das mit den Bögen habe ich aus Ruskins Buch *The Elements of Drawing*. Das war ursprünglich gar nicht für Kunststudenten gedacht, sondern für ganz normale Leute. Ruskin wollte sie über das Zeichnen *zu sehen* lehren, also genauer und unvoreingenommen hinzuschauen und sich auch gefühlsmäßig intensiver einzulassen. So sollten die Menschen mehr von der Schönheit in Natur und Kunst entdecken, um mehr Freude am Leben zu haben. Für die Kunst bedeutete seine neue Position, erst mal zu einer unvorbelasteten Wahrnehmung zu kommen und dann die eigene gefühlte Beziehung zu ergründen und darzustellen.«

»Das erinnert mich an dieses Gedicht von eurer Greta, das Elle bei dem Welcome-Event vorgetragen hat«, meinte Vic nachdenklich. »Sie hat es doch nach einer Fotografie geschrieben, auf der nicht mehr zu sehen war, als der Kopf einer eleganten Frau, die an einem Sommerabend am Tisch einer Lokalterrasse sitzt und lächelnd die Atmosphäre um sich herum genießt. Gretas Gedicht rief in mir spontan eine Filmszene wach. Diese berühmte, in der Anita Ekberg nachts in den Trevi-Brunnen steigt und selbstverloren unter den Wasserfällen tanzt. Und auch Gretas Gedicht ließ diese ganz besondere Empfindung von absoluter Freiheit und erotischer Verbundenheit aufflammen. Das kann auch ihr nur durch so ein genaues Hinsehen und Hineinspüren gelungen sein, wie Ruskin es forderte. Und dann hat Greta einen Schleier darüber geworfen, so wie Turner es mit seinen wolkigen Farben zum Ausdruck seiner Empfindungen tat. Greta verlieh damit ihrer Trauer Ausdruck, die sie offensichtlich empfand, als ihr bewusst wurde, kaum jemals noch so etwas erleben zu können. Außer vielleicht, wie Elle meinte, hier in Venedig.«

»Und Cora hat diesen Blick auch schon so was von, also als Künstlerin!«, ging Leon jetzt in die Vollen. »Und du brauchst doch noch Künstler für deinen Palazzo!«

Nachtigall, ick hörte dir trapsen, dachte Vic und dass ihn sein Gefühl wieder einmal nicht getäuscht hatte.

»Ich habe Bilder von ihr gesehen, die hauen einen um, ich sag's dir!«, eiferte Leon weiter und hielt Vic sein Smartphone so nahe vor die Augen, dass er es ein Stück wegschieben musste, um auch nur annähernd irgendetwas von dem farbigen Gewölk auf dem kleinen Display zu erkennen. »Du musst dir die unbedingt im Original anschauen! Ich meine, ein Zimmer könntest du sie doch machen lassen.«

»Kein Künstler wird mehr als einen Raum übernehmen«, konterte Vic überrumpelt. »Im Übrigen bin ich noch gar nicht fertig mit meinem Konzept für die Aufträge zur Gestaltung der oberen Gästezimmer.«

Cora zog die Augenbrauen hoch und warf Leon einen fragenden Seitenblick zu.

»Du hast doch gesagt, dass du junge Gegenwartskunst willst!« Leon ließ einfach nicht locker.

Hatte er gegenüber Cora etwa mit einem leichten Spiel im Ergattern eines künstlerischen Auftrags geprahlt, sie damit zu ködern versucht?

»Es muss alles konzeptionell zusammenpassen, Leon! Und ich bin einfach noch nicht so weit.«

»Okay, also noch kein Ja, aber auch kein Nein«, resümierte Leon hastig, doch mit kämpferisch hochgehaltener Zuversicht, stand auf und schnappte sich Coras Zeichenmappe. »Wir ziehen dann mal wieder los.«

JÄGER ODER GEJAGTER

Zehntes Kapitel

Die wenigen Tage mit Magda waren viel zu schnell vergangen. Doch die Durststrecke bis zu einem Wiedersehen war diesmal zum Glück überschaubar. Sie hatten sich für den letzten Tag des *Salone Internazionale del Mobile* in Mailand verabredet. Auf dieser bedeutenden Messe für Einrichtungsdesign hatten sie sich vor genau fünfundzwanzig Jahren kennengelernt. Schon in einer Woche würde er mit einem Mietwagen nach Mailand fahren und Magda dort nach der Begleitung eines Mittelstreckenfluges treffen. Ansporn genug, bis dahin mit seinen Plänen im Palazzo ein gutes Stück voranzukommen.

Vic führte Signor Salvini, seinen venezianischen Bodenleger, die Treppe hinauf ins oberste Stockwerk des Palazzos. In der ersten Etage trafen sie auf Postblau, der seit zwei Tagen zurück in Venedig und seither ständig im Palazzo war.

»Vergiss nicht, mir neues Skizzenpapier mitzubringen!«, rief es aus dem Portego, während Postblau die Tür zum Atelier hinter sich zuzog und abschloss.

»Aber Pat ist noch da drinnen«, raunte Vic verwundert.

»Sie braucht gerade ein bisschen Zeit für sich«, erklärte der Künstler so leise, als hätte er gerade ein kleines Kind zu Bett gebracht, das nun absolute Ruhe brauchte, um ungestört einschlafen zu können.

»Aber warum schließt sie die Tür dann nicht selbst von innen ab?«, flüsterte Vic zurück.

»Weil manche eine besondere Unterstützung brauchen«, erwiderte dieser seltsame Mann. »Pat hilft es künstlerisch, wenn sie mal gezwungen ist, eine Weile für sich zu sein. Bin auch bald wieder zurück. Mache nur ein paar Besorgungen.«

Aber wieso muss man sie dazu zwingen?, lag Vic als nächste Frage auf der Zunge, doch sein Handwerker trappelte mit den

Hufen. Also erwiderte er nur wortlos Postblaus nickenden Gruß, bevor der die Treppe hinab und Vic sie mit seinem Terrazziere weiter hinaufstieg.

≫Ist doch verrückt, dass die Holzböden hier oben nach fünfzehn Jahren alle verrottet waren, während die Terrazzoböden in den unteren Geschossen noch aus dem sechzehnten Jahrhundert stammen und nur hin und wieder ein bisschen ausgebessert werden mussten≪, meinte Vic, als sie oben ankamen.

Salvini nickte.

≫Für uns ist das ganz normal. Im Winter zieht die Feuchtigkeit von Regen und nasskalter Luft ins Mauerwerk und weiter bis ins Parkett. Dünn geschnittenes Holz hat da keine Chance. Es saugt die Feuchtigkeit auf, und nach ein paar Jahren fängt es an zu faulen. Einem *Semiato*, wie wir den Terrazzo auch nennen, kann die eindringende Feuchtigkeit dagegen nichts anhaben. Dieser Belag aus in Kalk oder Zement eingestreutem Marmorbruch dichtet sogar nach oben hin so gut ab, dass selbst in den Raum keinerlei Feuchtigkeit dringt. Sie haben schon die richtige Entscheidung getroffen, auch diese Räume mit Semiato auszustatten.≪

≫Dabei hatte ich es eigentlich aus rein ästhetischen Gründen favorisiert. Ich liebe dieses Flirren der Farben im Licht und in manchen Räumen auch die tanzenden Reflexionen des Wassers auf dem polierten Boden≪, schwärmte Vic. ≫Allerdings wird mir erst nach Ihren Ausführungen zur Haltbarkeit dieses Bodenbelags klar, wieso Signor Bembolo die immens hohen Kosten dafür ohne große Diskussion freigegeben hat.≪

≫Dafür gibt es noch ein weiteres Argument≪, ergänzte Signor Salvini. ≫Venedig ist auf Sand gebaut. Zwar hat man Millionen von Baumstämmen in den Boden gerammt, um die Fundamente der Gebäude zu stabilisieren. Dennoch verändert sich der Boden darunter immer wieder, wodurch zuweilen ein Gebäudeteil absackt. Und dann ist Elastizität gefragt.≪

»Aber die Steinchen eines Terrazzobodens sind doch ganz fest miteinander verbunden und werden zu einer betonharten Platte.«

»Das stimmt schon. Aber da gibt es einen versteckten Trick. Schauen Sie mal!«

Der wendige Mittvierziger war flink über ein paar der massiven Holzträme des aufgerissenen Bodens gestiegen und deutete nun auf eine Stelle an der Wand.

»Die Balken sind nicht fest mit der Wand verbunden, sondern eingehängt. Senkrecht bleiben sie dadurch immer stabil. In der Horizontalen aber können sie sich anpassen, und das funktioniert mit dem Semiato, weil er als Ganzes schwebend auf diese Unterkonstruktion aufgebracht wird.«

Bewundernd schob Vic die Unterlippe vor.

»Wenn man bedenkt, dass sich das jemand vor vielen hundert Jahren ausgedacht hat!«

»Tja, die hatten damals schon ein enormes Können, was das Bauen anbetrifft. Das Verfahren für den Semiato wurde sogar bereits in der Antike entwickelt. Die wussten einfach genau hinzuschauen und daraus Prinzipien und Anpassungen abzuleiten.«

Vic musste unweigerlich an Ruskin denken, und dass der offensichtlich mit seiner Bestrebung, Menschen zum genaueren Hinsehen zu erziehen, auf eine Fähigkeit aus gewesen war, die es in früheren Zeiten schon gegeben hatte und die nur irgendwann wieder verlorengegangen zu sein schien.

»Haben Sie sich denn inzwischen entschieden, wie sie die Böden haben wollen?«

»Mir haben die Muster und Motive sehr gefallen, die Sie mir in Ihrer Werkstatt gezeigt haben. Aber diese Räume hier oben sollen von Künstlern gestaltet werden. Und deshalb habe ich mich entschieden, die Böden weitgehend neutral zu halten, vielleicht hier und da mit einer dezenten Dekorleiste«, erklärte Vic. »Aber jeder Raum sollte möglichst in einer anderen farblichen Richtung gehalten sein.«

»Gefällt mir gut«, meinte Signor Salvini. »Natürlich verlege ich gern auch mal ein markantes Zentralmotiv. Aber so, wie Sie es sich wünschen, entspricht es ganz unserer Tradition. Und wer es sich leisten kann, kombiniert es seit eh und je mit Orientteppichen. Weitere Muster im Terrazzo würden also sowieso überdeckt oder nur stören.«

»Wir haben acht Räume hier oben. Meinen Sie, wir bekommen so viele Mischungen hin, dass sie sich farblich voneinander abheben?«

»Den Variationen sind schier keine Grenzen gesetzt. Nehmen wir zum Beispiel eine Kombination aus Bianco Lasa, Nero d'Africa und Giallo di Siena. Schon daraus könnten wir durch abgewandelte Mengenverhältnisse der einzelnen Steinsorten sämtliche Räume unterschiedlich aussehen lassen.«

In den Augen des Terrazziere war ein Leuchten aufgezogen. Nun war er ganz in seinem Element.

»Oder fügen Sie auch nur den Hauch einer weiteren Farbe hinzu, wie zum Beispiel vom Rosso di Verona, und schon sieht alles wieder ganz anders aus. Außerdem können wir mal bunt gemischt, mal Ton-in-Ton verlegen. Und nicht zu vergessen, die Variationsmöglichkeiten durch den *Impasto*, die Fugenmasse. Da können wir mit den Oxidbeimischungen ins Rötliche, Gelbliche oder Graue gehen. Sie sehen, wir könnten Hunderte von Variationen zusammenstellen.«

In diesem Moment streckte Leon den Kopf zur Tür herein.

»Ich müsste mal dringend mit dir reden.«

»Warte unten auf mich«, wies Vic ihn an. »Ich habe hier noch kurz zu tun.«

Dann wandte er sich wieder seinem Bodenverleger zu.

»Und wann könnten die Räume fertig sein?«

≫Jetzt haben wir Mitte April. Dann würde ich mal sagen, so etwa Mitte bis Ende Oktober.≪

≫Wie bitte? Erst im Oktober?≪ Vic sah seine Felle für eine Eröffnung im Herbst davonschwimmen.

≫Signore≪, begann der Terrazziere nun kopfschüttelnd über die Unverständigkeit dieses Fremden. ≫Sie haben schon außergewöhnliches Glück, dass ich bereits in einem Monat mit den Arbeiten beginnen kann. Und dass der Sommer vor der Tür steht. Da müssen wir nur zwei bis drei Monate fürs Trocknen einkalkulieren. Über den Winter müssten Sie die dreifache Zeit rechnen.≪

≫Wissen Sie, die Räume sollen von verschiedenen Künstlern ausgestattet werden.≪ Vic überlegte fieberhaft, wie sein Zeitplan noch annähernd zu retten wäre. ≫Da werden Farbgebung und optische Wirkung des Bodens eine wesentliche Rolle spielen. Die Künstler müssten also eine gewisse Vorstellung davon haben, bevor sie mit ihren Entwürfen loslegen können. Wäre es möglich, Musterplatten von den jeweiligen Belägen herzustellen?≪

≫Möglich schon≪, murmelte Signor Salvini und zeigte sich dann als waschechter Venezianer, der ein gutes Geschäft wittert wie der Löwe eine schlafende Gazelle. ≫Ist sehr aufwändig, was natürlich seinen Preis hat. Würde mal sagen, unter einem Tausender pro Musterplatte nicht zu machen, und das ist schon ein echtes Freundschaftsangebot.≪

Vic schluckte. In Relation zur Gesamtkalkulation für die Böden waren das natürlich Peanuts. Aber eben doch noch mal ein hübsches Sümmchen zusätzlich.

≫Muss ich noch mal drüber nachdenken≪, erwiderte er also und verabschiedete den schlauen Fuchs.

Auf dem Weg in die Wohnküche hörte Vic seinen Sohn nervös mit den Fingern auf der Tischplatte trommeln.

≫Was gibt es denn so Wichtiges?≪

131

»Die Zeitungen von heute hast du geholt, wie ich sehe. Aber gelesen hast du sie offensichtlich noch nicht.«

»Dazu hatte ich bisher keine Gelegenheit.« Vic schwante nichts Gutes.

Leon schlug den *Gazzettino* auf, faltete ihn mit der verräterischen Ungeschicklichkeit eines seltenen Zeitungslesers auf ein Viertel zusammen und knallte das wüst verzogene Papierbündel vor seinem Vater auf den Tisch.

»Das ist doch Pat!« Entgeistert starrte Vic auf ein Foto und seine Bildunterschrift: *Wer kennt diese Frau?*

»Genau!« Leon gab ein lautstarkes Schnaufen von sich, was Vic seine momentane Stimmung zwischen Sorge und Wut verriet. »Die haben turnusgemäß mal wieder die Daten der Kameras am *Giardino Eden* ausgelesen. – Das sind solche Idioten! Ich meine, da waren überall Kameras und die konnte man auch sehen.«

Vic nahm die Zeitung, um sich die zwei Abbildungen genauer anzuschauen. Die eine zeigte ein Motorboot längs der Gartenmauer zur Lagune liegen. Da die Aufnahme in der Dunkelheit und seitlich von oben gemacht war, konnte man nur das Heck und damit die helle Farbe des Bootes erkennen sowie die Silhouetten von ein paar sitzenden Personen. Und dann war da eine auf der Mauer kauernde Gestalt, die aber in die andere Richtung blickte und somit nicht zu identifizieren war. Nur ein Gesicht war in Richtung Kamera gewandt und zusätzlich als Ausschnittvergrößerung abgedruckt: Eine lachende Pat, wie sie sich gerade mit Hilfe der Person auf der Mauer von der Bordwand hinüberhangelte.

»Und das da oben ist Brandon, richtig?«

Leon nickte.

Vic überflog den Artikel.

»Die sollen einen Totenkopf an die Villa delle Rose, diesen alten Palazzo auf dem Grundstück, gesprüht haben.«

Ungläubig schüttelte Vic den Kopf.

»Davon hattest du mir gar nichts erzählt!«

»Davon wusste ich auch nichts. Das musst du mir glauben!«, verteidigte sich Leon verzweifelt. »Ich hab mich nur gewundert, was die so lange in dieser finsteren Wildnis machen. Als sie wieder an Bord kamen, hat mir Pat nur kichernd zugeflüstert, sie hätte ein bisschen *Banksy* gespielt. Keine Ahnung, was die damit meinte.«

»Und da hat es sich mal wieder gerächt, dass du nie Zeitung liest«, knurrte Vic.

Leon verdrehte genervt die Augen.

»Sonst hättest du gewusst, wer Banksy ist, nämlich der so ziemlich berühmteste Streetart-Sprayer der Welt. Und um den wird auch deshalb so viel Wirbel gemacht, weil bis heute keiner sicher weiß, wer sich hinter diesem Pseudonym verbirgt. Hat seine berühmten Schablonen-Graffitis immer bei Nacht und Nebel hinterlassen. Und du hättest mitgekriegt, dass er sich inzwischen auch in Venedig an einer Hauswand mit einem Werk verewigt hat. Allerdings ist das anerkannte Kunst. Und noch dazu hatte er Gründe, das zu tun. Vom Motiv her war es ein Statement gegen das ertrinken Lassen von Flüchtlingen im Mittelmeer. Aber es soll auch ein an die etablierte Kunstszene adressierter Seitenhieb gewesen sein, weil ihn bislang niemand zur Teilnahme an der Kunst-Biennale eingeladen hatte. So in dem Sinne: Wenn ihr mich nicht einladet, dann lade ich mich eben selber ein.«

»Und den wollte Pat nachahmen?«

»Das hast du doch eben gesagt«, entgegnete Vic, während sich seine Miene wieder verfinsterte. »Nur ist Pat schon daran gescheitert, anonym zu bleiben.«

»Leider«, meinte Leon bedrückt. »In der Zeitung ist sie eindeutig zu erkennen und wird jetzt wie mit einem Fahndungsfoto in der ganzen Stadt gesucht. Und wenn die auffliegt, dann könnten sie auch auf uns kommen und über das Boot auf den Unfall.«

Vic atmete einmal tief durch.

≫Jetzt heißt es erst mal, Ruhe bewahren. Postblau schließt sein Goldkind im Moment ohnehin weg, Kreativkur im Elfenbeinturm oder so was. Da können wir nur beten, dass es noch ein Weilchen dabei bleibt. Und in ein paar Tagen werden die Leute das Gesicht aus der Zeitung dann hoffentlich wieder vergessen haben.≪

≫Und wenn nicht?≪, fragte Leon mit kraus gezogener Stirn.

≫Tja, weiß ich auch nicht.≪ Vic seufzte noch einmal ausgiebig und wurde bleich bei dem Gedanken, der nun in ihm aufzog: Was, wenn Elle oder dieser Postblau oder weiß Gott wer sonst von diesen Verrückten, den Artikel als Vorlage für eine große Medienkampagne entdeckte. Mit diesem Artikel waren die Gazzettino-Leser angefixt. Und wenn jetzt auch die auf diesen naheliegenden Bezug zu Banksy kämen und ihn der hungrigen Meute von der Presse vorwerfen würden, dann reichte das vermutlich für eine ganz große Story. War heute doch völlig egal, ob Stars und Sternchen mit positiven oder negativen Aktionen Schlagzeilen machten. Und weder Elle noch Postblau waren sich der Gefahr bewusst, die damit verbunden wäre. Denn beide wussten mit ziemlicher Sicherheit noch immer nichts von Pats Verwicklung in den Bootsunfall und der Beteiligung von Brandon und den anderen. Und das Rowdytum auf den Kanälen und in der Lagune war eines der wenigen Themen, bei denen die Venezianer überhaupt keinen Spaß verstanden.

Elftes Kapitel

Seit dem Erscheinen des Artikels mit dem Foto von Pat vor drei Tagen, hatte Vic weiterhin täglich alle Zeitungen mit regionalen Nachrichten gekauft. Doch seine Befürchtung, Elle würde die Situation für einen Medienhype nutzen, hatte sich bislang zum Glück nicht bewahrheitet. Dass sie und Postblau aber von der Veröffentlichung noch am selben Tag erfahren hatten, war Vic klar geworden, als er Pat in Begleitung ihres Schattens noch am Nachmittag desselben Tages mit einer übergroßen Sonnenbrille auf der Nase und unter einer Mütze verborgenen Haaren den Palazzo hatte verlassen sehen.

Vic stellte die Flaschen und Gläser ab, die er für die Mittagspause aus der Küche mitgebracht hatte, klappte den zweiten Flügel des Wassertors zurück und sog mit einem tiefen Atemzug den belebenden Duft des Meeres ein, der über dem Kanal schwebte.

Hatte er sich doch unnötig Gedanken gemacht, dass die Unfallgeschichte jetzt auffliegen würde? Wie sehr ihn diese Sorge beschäftigte, hatte er gespürt, als er die Bibliothek des Palazzo Querini-Stampalia besuchte, um Details über die Konstruktionen Scarpas nachzulesen. Als er durch die beeindruckenden, mit historischen Fresken und Gemälden, antiken Möbeln und strahlenden Kronleuchtern ausgestatteten Leseräume lief, um nach Literatur zu Scarpa zu suchen, war er in den endlosen Regalen auf eine Reihe Bücher von Borges gestoßen. Und es war ihm für einen Moment gewesen, als hätten sie ihn regelrecht angezogen. Aber das war natürlich Unsinn. Diese Bibliothek war spezialisiert auf Bücher, die in irgendeiner Weise im Zusammenhang mit Venedig standen, und da gehörte Borges nun einmal spätestens seit der Errichtung des Borges-Labyrinths auf San Giorgio dazu. Also hatte er sich eine Bibliothekarin gesucht und seine Frage nach Werken, in denen Borges mehr über seine

Theorien zum Labyrinthischen verraten habe, wiederholt. Und sie hatte ihm lächelnd und ohne zu zögern *Das Aleph* in die Hand gedrückt. Und dann war er bis zur Schließung der Präsenzbibliothek um Mitternacht abgetaucht in diese Sammlung skurriler Erzählungen. Nur dass sie auf ihn nicht die erhoffte klärend entspannende Wirkung hatten.

Stattdessen träumte er in den folgenden Nächten von hoffnungslos verwirrend angelegten Gängen und unzähligen Treppen in dunklen Verließen und von feindlich gesinnten Verfolgern, die zuweilen in sein Ebenbild mutierten. Und auch daran war dieser Borges schuld gewesen, hatte der doch geschrieben, dass man nie sicher wissen könne, wovor man eigentlich weglaufe, ob nicht gar vor sich selbst und dass es auch immer wieder unsicher sei, ob man dabei gerade der Jäger oder der Gejagte war.

Und als er aufwachte, bedrängte ihn die Erinnerung an seine Träume weiter, wollte ihm einfach nicht mehr aus dem Kopf gehen. Und er musste an den *Zahir* denken, an dieses geheimnisvolle Synonym für die schreckliche Eigenschaft, etwas absolut nicht wieder vergessen zu können, was einen schließlich in den Wahnsinn treiben konnte, wie er auch bei Borges gelesen hatte.

Ein Hupen schreckte Vic aus seinen düsteren Empfindungen auf. Der Bug eines Motorboots schob sich vor den Wasserzugang. Dann ein Pfiff von Brandon, und schon flog ein dickes Seil zum Vertäuen auf Vic zu.

»Was machst du denn auf dem Boot?«, fragte Vic verdutzt, als plötzlich Leons Kopf hinter Brandon zum Vorschein kam.

»Ich kam gerade aus der Bar, wo ich uns was zu essen geholt habe, als Brandon vorbeischnurrte«, erklärte sein Sohn und streckte ihm sein Fresspaket entgegen. »Will Brandon noch schnell beim Entladen helfen.«

Die angekündigte Ladung bestand aus zwei unterschiedlich hohen Holzbehältern mit der Aufschrift: *Fratelli Masi, Murano - fragile*, also mit Sicherheit etwas aus Glas.

≫Hi! Ist eine Bestellung von Pat≪, erläuterte Brandon.

≫Hallo Brandon≪, erwiderte Vic und fragte sich, was Pat wohl in Murano geordert haben mochte. ≫Vasen?≪

In diesem Moment wetzte Hugo auf sie zu, bremste scharf vor der Wasserkante und kläffte das Boot mit drohend gesenktem Kopf so wild an, dass sein ganzer Körper vibrierte.

≫Alles gut, Hugo!≪ Vic beugte sich zu dem kleinen Hund hinunter, verabreichte ihm eine beruhigende Streicheleinheit, und schon strich er Vic besänftigt schwanzwedelnd um die Beine.

≫Keine Ahnung, was da drin ist. Soll, so wie es ist, in ihr Atelier.≪, antwortete Brandon nur, übergab Leon die letzte Kiste und rauschte wieder ab.

≫Du warst in Cannaregio?≪, stellte Vic verwundert fest, als er beim Zurückschlagen des Einwickelpapiers von den mitgebrachten Tramezzini *Bar Cupido, Fondamente Nove* las, während Leon sich zwei Stühle schnappte und an die Kante zum Kanal stellte.

≫Den Laden hat mir Cora mal gezeigt. Ist gut und nicht so teuer≪, antwortete Leon und griff nach einem Brot mit Schinken, Ei und Avocado. ≫Und gerade als ich da wieder rauskam, fuhr Brandon von Murano aus direkt auf mich zu. Hat mir zwanzig Minuten Latscherei erspart. Glück gehabt.≪

≫Womit ich noch nicht weiß, was dich in die Gegend verschlagen hat≪, meinte Vic, während er ihnen Wein einschenkte.

≫Cora wollte dort zu einer alten Gondelwerft. Mal wieder so eine total versteckte Location und voll spannend zum Zeichnen, weil die Boote da umringt sind von lauter Pflanzen≪, schwärmte Leon.

»Die Werft kenne ich gar nicht«, murmelte Vic. »Dabei dachte ich, dass ich Cannaregio inzwischen einigermaßen in der Tasche hätte.«

»Ich sag doch, die liegt ziemlich versteckt. Also, den Rio de la Sensa kennst du doch, oder?«

»Ja sicher.«

»Okay. Also am Ende der Fondamenta dei Mori kann man nicht mehr am Kanal weitergehen, und von Weitem sieht es so aus, als ob das eine Sackgasse wäre. Ist es aber nicht. Man muss dann nur links abbiegen und gleich die nächste Gasse wieder nach rechts. Dann kommt man in die Corte Muti. Und da ganz am Ende ist diese Werft. Bloß sehen sie die meisten dann trotzdem nicht, weil sie von einer hohen Mauer umgeben ist. Erst wenn man auf der Holzbrücke steht, die dann folgt, und zurückschaut, dann sieht man sie.«

»Und von da aus hat Cora gezeichnet?«

»Von da aus haben *wir* gezeichnet.«

Vic sah ihn mit großen Augen an.

»Ja, ich hab' auch ein bisschen gezeichnet. Ist gar nicht mal so schlecht geworden«, berichtete Leon mit verhalten stolzem Lächeln. »Aber das ging ja nur mal kurz zwischendurch, weil wir nur ein Zeichenbrett hatten. Könntest du mich eventuell ein bisschen sponsern, damit ich mir ein eigenes Brett, ein paar Stifte und Papier besorgen kann? Würde so um die fünfzig Euro kosten, denke ich mal. Ich meine, ich kann doch nicht dauernd alles von Cora schnorren.« Leon taxierte die Reaktion seines Vaters. Dann legte er nach: »Was natürlich so richtig gut wäre, wenn ich auch gleich noch ein paar Farben kaufen könnte. Für den Anfang würden ein Aquarellkasten mit ein paar Pinseln und ein Block Aquarellpapier reichen.«

»Womit wir schon mal bei um die hundert Euro wären, denke ich mal«, gab Vic zurück.

»Na ja, so eine Auseinandersetzung mit Farben sollte ich parallel schon auch angehen, also meint Cora.«

»So, meint sie das?« Vic grinste in sich hinein, nahm einen Schluck vom Sauvignon blanc und pumpte damit nachdenklich die Backen auf. »Ich hätte dir einen Deal vorzuschlagen.«

»Was denn?«, fragte Leon mit misstrauisch verengten Lidern.

»Für die Künstler, die die oberen Räume gestalten sollen, brauche ich dringend Muster der Farbkombinationen, die dort verlegt werden sollen.«

»Okay.«

Vic sah, wie es in Leon arbeitete.

»Dafür wären vermutlich Acrylfarben noch besser geeignet. Ich frage Cora mal. Überhaupt könnte ich sie fragen, ob sie mitmacht. Ich meine, da müssen bestimmt so einige Farbtöne gemischt werden, um sie original wiederzugeben, und in so was ist sie auch total fit.«

»Wenn sie dazu Lust hat«, meinte Vic achselzuckend.

»Die Lust darauf müsste man ihr halt machen«, erwiderte Leon und zog die Augenbrauen hoch. »Du könntest ja mal bei ihr vorbeischauen und ihre Bilder angucken. Das wolltest du doch sowieso schon längst.«

»Ach, wollte ich das?«

»Jedenfalls solltest du es.«

»Du, ich lasse mich nicht erpressen!«

»Ich will dich überhaupt nicht erpressen«, schoss Leon jetzt angefressen zurück. »Ich will dich überzeugen. Ich will, dass du dich überzeugst!«

»Leon, sie hat gerade erst angefangen, Kunst zu studieren. Ich brauche Profis für unsere Räume.«

»Du könntest sie doch wenigstens mal einen Entwurf machen lassen. Den kannst du dann immer noch ablehnen«, kämpfte Leon verbissen weiter.

≫Also gut, in Gottes Namen! Aber versprich dir nicht zu viel davon!≪, gab Vic sich nun geschlagen. ≫Ihr setzt euch mit dem Terrazziere in Verbindung, malt die Muster, und dann rede ich mit ihr über meine Vorstellungen.≪

≫Das kannst du doch persönlich machen, wenn wir uns vor Gretas Lesung zum Essen mit Elle treffen.≪

≫Irgendwie ist da jetzt was in der Reihenfolge durcheinandergekommen, oder?≪, schmunzelte Vic kopfschüttelnd. ≫Na schauen wir mal, ob sich die Gelegenheit ergibt.≪

Kurz darauf war Leon aufgedreht wieder losgezogen, und Vic war sicher zu wissen, wohin sein Weg ihn führen würde. Er trank seinen Wein aus, schloss das Wassertor wieder und machte sich mit den Resten auf den Weg in die Küche.

Als er auf Höhe der Treppe war, hörte er laute Stimmen aus dem Atelier. Er hielt inne und lauschte. Pat und Postblau stritten heftig. Leise stieg Vic ein paar Stufen hinauf.

≫Was willst du mit diesem Mist da drin? Das sieht doch ein Blinder mit Krückstock, dass die Teile nicht echt sind!≪

Daraufhin schrie Pat irgendetwas zurück von wegen, die Metapher zähle oder so etwas, aber genau konnte Vic es nicht verstehen. Und dann schmetterte Postblau, ob sie denn glaube, Damien Hirst hätte auch nur einen Blumentopf gewonnen, wenn er statt des echten Tigerhais einen aus Plastik in seinen Schaukasten gepackt hätte, und das schon vor Jahrzehnten. Und dass so etwas in einer Zeit, wo die Diskussion um Fakes täglich Debatten auslöste, schon überhaupt nicht ginge. Bei den letzten Worten war die Tür aufgeflogen. Im Galopp nahm Vic die Stufen nach unten, eilte zur Wohnküche und schloss die Tür hinter sich.

Zwei Tage später saß auch Vic auf Einladung von Elle am frühen Abend im *Al Teatro*, um die Truppe vor Gretas Lesung zu versammeln und Postblau zu verabschieden. Ob Pat sich über seine bevorstehende Abreise freute, war für Vic nicht zu ergründen. Jedenfalls schienen sie wieder Frieden miteinander geschlossen zu haben.

Inzwischen hatten sie anderthalb Stunden gespeist, in denen er sich auch mit Cora über sein Konzept zur künstlerischen Gestaltung der oberen Räume unterhalten hatte, und Elle immer unruhiger geworden war. Denn es fehlten zwei in ihrer Runde. Von Brandon war bekannt, dass er anderweitig beschäftigt war, aber Greta schien sich gnadenlos zu verspäten. Zum x-ten Mal wählte Elle nun vergeblich Gretas Nummer an und prüfte ihren Nachrichteneingang. Doch es fehlte jegliche Information von ihr.

»Ich denke, wir gehen dann mal rüber«, verkündete Elle schließlich und erhob sich. »Sicher ist es die Nervosität, und Greta wollte sich vor ihrem Auftritt lieber noch ein wenig sammeln, als mit uns essen zu gehen.«

Sie warf sich ihr leichtes Cape aus feinster Kaschmirwolle über und führte ihre Truppe, wie ein General vorausmarschierend, am Opernhaus *La Fenice* vorbei, in die nahe Calle Minelli, an deren Ende der unscheinbare Eingang des altehrwürdigen Palazzos lag, in dem das Literaturinstitut seinen Vortragssaal hatte.

Der prächtige Saal im ersten Stock war schon gut mit Gästen gefüllt. Leon und Cora suchten sich Plätze in der hintersten Reihe. Vic war mit Postblau, Pat und Lene bei der immer kribbeliger werdenden Elle an der Tür zum Saal stehengeblieben.

Um Viertel vor acht gesellte sich dann noch die nicht minder nervöse Leiterin des Literatursalons mit dazu.

Es wurde acht, die Lesung sollte beginnen, und von Greta keine Spur. Es wurde Viertel nach, und die Leiterin bat das Publikum noch um ein wenig Geduld. Es wurde halb neun, und die Veranstaltung wurde mit Bedauern abgesagt.

»Was denkt sich Greta nur, nicht einmal mitzuteilen, was eigentlich los ist«, schnaubte Elle, als sich auch der Rest ihrer

Truppe um sie geschart hatte. »Ist ihr denn überhaupt nicht bewusst, was sie nicht nur sich damit antut, sondern auch mir und noch ganz anderen? Ich frage mich, ob dieser Salon je noch mal einen meiner Stipendiaten einladen wird. Eine solche Unzuverlässigkeit, das ist so was von peinlich, so was von unprofessionell!«

»Greta ist nicht so verantwortungslos, das glaube ich einfach nicht!«, wandte Lene vorsichtig ein. »Es muss etwas passiert sein.«

»Also, vor ein Auto kann sie in Venedig ja nun nicht gelaufen sein«, erwiderte Elle und verschränkte wütend die Arme vor der Brust.

»Aber es könnte doch etwas anderes passiert sein«, meinte Lene und sah wirklich besorgt aus.

»Also bitte, dann verständigen wir eben die Polizei«, gab Elle mit einem widerwilligen Zucken des Kopfes zurück, und es vermittelte den Eindruck, als gelte ihre Sorge weniger Gretas Wohlergehen als der Beschädigung ihres Rufs.

Polizei? Vics Signallampen hatten auf Rot geschaltet. Wenn Polizisten nach einer Vermissten suchten, würden sie auch Gretas Zimmer durchsuchen und mit Sicherheit auf ihre akribisch geführten Notizen stoßen, die sie überall und bei jeder Gelegenheit gemacht hatte. Also, falls sie nicht überraschend mit Sack und Pack und ohne ein Wort zu sagen abgereist wäre, was allerdings kaum anzunehmen war. Und in diesen Aufzeichnungen hatte sie mit höchster Wahrscheinlichkeit auch die Unfallfahrt auf der Lagune detailliert dokumentiert! Er musste alles daransetzen, das Auffinden dieser Unterlagen zu verhindern. Und das am besten sofort, denn übermorgen würde er nach Mailand fahren. Bis dahin musste er die Situation unter Kontrolle bringen!

»Die Polizei wird bei erwachsenen Vermissten nie gleich aktiv. Die müssen erst ein paar Tage verschwunden sein, sonst tun die

142

gar nichts«, gab Vic also zu bedenken. »Ich würde vorschlagen, wir suchen erst einmal selbst nach ihr. Elle, wenn Sie es übernehmen würden, bei der Rettungszentrale anzurufen und die Krankenhäuser durchzutelefonieren? Dann würde ich Sie gleich zusammen mit Leon zu Ihrem Palazzo zurückbegleiten und in Gretas Zimmer nach möglichen Hinweisen zu ihrem Verbleib suchen. Und die anderen könnten sich die Lokale vornehmen, in denen Greta vielleicht noch vor kurzem gesehen worden ist. Mehr können wir augenblicklich nicht tun.«

Nach einem immer noch fassungslosen Kopfschütteln stimmte Elle schließlich zu, und die anderen teilten sich die Kneipen für ihre Suche nach Greta auf.

Zwölftes Kapitel

Elle schloss die Tür zu Gretas Zimmer auf und knipste das Licht an.

Vielen Dank und ich komme dann allein zurecht, lag Vic als Retourkutsche auf der Zunge. Doch es kam jetzt nur darauf an, unbeobachtet Gretas Refugium nach verräterischen Unterlagen zu durchsuchen. Also beschränkte er sich darauf, Elle an die Abfrage der Krankenhäuser zu erinnern und daran, dass es schon halb zehn wäre und je später sie dort anriefe, es umso schwieriger würde, Auskunft zu bekommen.

Seine Ansage zeigte die erhoffte Wirkung. Elle zog sich zum Telefonieren zurück, und endlich waren sie allein in Gretas Zimmer. Vic stürzte auf den Schreibtisch vor dem Fenster zu, wo neben einem zugeklappten Laptop ein ganzer Packen beschriebener und bedruckter Papiere lag. Hektisch blätterte er sie durch.

»Keine Ahnung, was das alles ist«, meinte er und schob und klopfte alles wieder zu einem einigermaßen akkuraten Stapel zusammen. »Aber das nehmen wir auf jeden Fall schon mal mit. Jetzt müssen wir noch nach diesen verflixten Notizbüchern suchen. Ich schaue mir den Inhalt der Schubladen an. Nimm du dir den Schrank vor!«

»Da sind keine Notizbücher«, meldete Leon nach einer Weile intensiven Suchens.

»Hier auch nicht.« Verdrießlich ließ Vic seinen Blick noch einmal kreisen. »Check du noch das Badezimmer! Ich nehme das Bett genauer unter die Lupe.«

»Wieso glaubst du eigentlich, dass Greta ihre Notizbücher versteckt hat?« Leon stand breitbeinig mit auf die Hüften gestemmten Händen mitten im Raum.

»Weil es sein könnte, dass es ihr nicht recht wäre, wenn einer der anderen, die hier wohnen, lesen würde, was sie notiert hat«, antwortete Vic und hob die Matratze hoch, als ginge es darum, Opas Ersparnisse aufzuspüren.

»Verstehe ich nicht. Schriftsteller schreiben doch zum Veröffentlichen, also damit andere ihren Sermon zu lesen kriegen«, entgegnete Leon kopfschüttelnd.

»Erinnerst du dich, was Elle sagte, worüber Greta schreibt? Dass sie Menschen genau beobachtet und daraus ihren Stoff zieht? Und sie hat auch uns alle beobachtet, das ist mal sicher«, erklärte Vic und ließ die Matratze zurück auf den Lattenrost scheppern. Dann zuppelte er das Laken wieder zurecht und griff nach dem Kissen, um es wieder gerade auszurichten. Da spürte er etwas Hartes auf seiner Unterseite. Er drehte das Kissen um, öffnete den Reißverschluss des Bezuges und hielt plötzlich fünf kleine Notizhefte in der Hand.

»Bingo!« Vic ließ sie in seiner Jackentasche verschwinden. »Nimm du die losen Blätter, und lass uns gehen!«

»Und wenn Elle das sieht? «

»Dann sage ich, dass wir die Unterlagen nach Hinweisen auf Gretas Verbleib durchsehen werden und sie danach wieder zurückbringen. Nur dass der Stapel dann um möglicherweise verfängliche Seiten ärmer sein wird.«

Leon grinste und griff sich den Packen Papier.

»Und was ist mit dem Laptop?«

»Da kommen wir ohne Passwort nicht dran. Andere aber auch nicht. Also lass ihn stehen!«

Elle hatte Vic beim Verlassen des Palazzos nur durch einen Türspalt zugewunken, so dass sie den Papierstapel unter Leons Arm gar nicht hatte sehen können, was ihnen weitere Diskussionen ersparte. Nachdem sie zuhause angekommen waren, rief er Elle noch einmal an, um sich nach dem Ergebnis ihrer Recherche zu erkundigen. Doch weder Kliniken, noch Notrufzentrale hatten einen Fall vermerkt, der auf Greta hingedeutet hätte.

Derweil war auch eine Meldung von Pat auf Leons Handy eingegangen. Sie war mit Postblau zuerst zum Campo Santa Margherita gelaufen, um in der Studentenbar *Ai Do Draghi* nach Greta zu suchen. Doch auch dort hatte sie in den letzten vierundzwanzig Stunden niemand gesehen. Auf dem Rückweg zum Palazzo Whitman hatten die beiden dann noch beim *Al Squero* vorbeigeschaut, dabei aber vergessen, dass diese kleine Osteria am Rio di San Trovaso immer schon gegen neun Uhr abends dichtmachte. Dort würden sie also erst am nächsten Tag noch einmal nachfragen können.

Lene und Cora hatten sich bislang nicht gemeldet. Sie waren mit dem Vaporetto nach Cannaregio gefahren. Leon rief sie an und erfuhr, dass sie gerade erst damit fertig waren, alle Kneipen entlang des Rio de la Misericordia abzuklappern, aber leider ebenfalls ohne Erfolg.

»Dann kannst du dich jetzt aufs Ohr hauen«, meinte Vic gähnend.

»Und du?«, fragte Leon. »Bist doch auch müde.«

»Ich will die Unterlagen noch sichten, vorher könnte ich sowieso kein Auge zumachen«, erwiderte Vic und schlug das erste Notizheft auf.

Es war halb vier, als Vic das letzte Blatt vom Stapel auf die Seite legte. Was er zu lesen bekommen hatte, übertraf seine Ahnungen noch bei Weitem. Nicht nur, dass Greta das gesamte Geschehen in der Nacht des Bootsunfalls präzise festgehalten hatte. Sie hatte auch ihre Idee wahrgemacht, sie alle auf ihre lasterhafte Schlagseite hin zu durchleuchten: Elle war mit ihrer Ruhmsucht und Gier vermerkt, Brandon mit seinem Hochmut, seiner Wollust und der übertriebenen Neigung zu Ausschweifungen, die sie ebenfalls Pat anlastete. Aber auch die anderen bekamen ihr Fett weg: Lene wegen ihres Neides und ihrer unbändigen Wut, Leon aufgrund seiner Eifersucht und er selbst, zusammen mit Postblau, unterstellte sie eine Trägheit des Herzens. Was um Himmels willen hatte sie bloß an ihm wahrgenommen, dass es zu einem solchen Urteil über ihn geführt hatte? Vermutlich verbarg sich die Antwort darauf in dem, was sich in ihrem Computer versteckte oder auch erst in ihrem Kopf.

Auf jeden Fall klang das alles für keinen von ihnen schmeichelhaft. Und niemand würde gerne derart in dem Roman dargestellt werden wollen, den sie offensichtlich mit ihnen als handelnde Figuren zu schreiben gedachte. Am heftigsten würde es dabei wohl Elle, Postblau und Pat treffen. Greta schien Pat seit langem ständig auf den Fersen gewesen zu sein, spätestens seit der Ankunft von Postblau. Sie war den beiden überall hin gefolgt und hatte darüber genauestens Buch geführt.

Auch für ihn klärte sich nun einiges. Wie er hier erfuhr, war Greta Postblau nach Padua hinterhergefahren, wo er, im Auftrag von Pat und offensichtlich noch ohne jegliche Ahnung der beabsichtigten Verwendung, in einem Laden für den Bedarf von Medizinstudenten anatomische Modelle erstanden hatte, genauer gesagt, Nachbildungen eines Herzens und eines Armes mit Hand. Und dann hatte Greta beschrieben, wie Pat auf Murano bei einem Glasbläser Ostensorien in Auftrag gegeben hatte. Das alles zusammen brachte jetzt Sinn in den Streit zwischen Pat und Postblau, den er am Tag der Lieferung des Glases aus Murano belauscht hatte. Pats Plan war demnach gewesen, Ostensorien nachzubauen, solche gläsernen Behältnisse für die Aufbewahrung von Gebeinen Heiliger. Allerdings befüllt mit Gliedmaßen, die in Plastik nachgebildet waren. So oder so eine abstruse Idee, dachte Vic und daran, dass vielleicht sogar er es gewesen war, der sie mit seiner Erzählung über den Dogen Orseolo dazu angeregt hatte. Vic blätterte noch einmal zurück zu den Tagesberichten vor Pats Fahrt nach Murano. Die hatte er bislang nur überflogen. Und tatsächlich: Pat war mit Postblau auch im Markusdom gewesen und hatte sich die Ausstellung der Gebeine des heiliggesprochenen Orseolo angesehen. Und dann

147

war da noch etwas, das er zunächst überlesen hatte: Am Abend zuvor hatte Greta im Palazzo Whitman ein kurzes Gespräch zwischen Postblau und Elle mit angehört, in dem er sie eindringlich angewiesen hatte, Pat vor dem Schlafengehen eine heiße Milch mit Honig zu bringen. Das hatte Greta mit einem Kommentar versehen: *Wehe, wehe der lieblichen Tochter, wenn sie zur Frau wird! Die Fee schloss sie in einen hohen Turm mitten im Wald, der weder Tür noch Treppe hatte, nur ganz oben ein kleines Fensterchen.*

Heiße Milch mit Honig? In der Ausstellung zur Einführung der Stipendiaten hatte doch dieses Foto von einem sterilen Raum mit nur einem engen Fenster nach draußen gehangen! Darin hatte es einen Topf Honig und ein umgekipptes Glas gegeben, aus dem Milch zu Boden stürzte, um sich dort mit dem Blut zu vermischen, das vom Bett unter diesem überdimensionierten Kreuz getropft war. Wollte Greta also über Pat und ihre Mutter schreiben, über eine problematische Mutter-Tochter-Beziehung?

Wenn Pat das mitbekäme, würde sie Greta mit ziemlicher Sicherheit an den Kragen gehen, dachte Vic. Und was wäre, wenn Pat es bereits spitzgekriegt hätte? Was, wenn Gretas Verschwinden damit zusammenhinge?

Doch schon im nächsten Moment wies Vic diesen beängstigenden Gedanken in die Schranken. Pat war zweifellos eine merkwürdige Persönlichkeit, und er hatte sie von Anfang an nicht sonderlich leiden können, aber ihr zuzutrauen, Greta etwas angetan zu haben, das ging nun doch zu weit!

Stattdessen setzte Vic am nächsten Tag die Suche nach Greta mit Leon, Cora und Lene fort. Er musste alles daransetzen, das Mädel bald aufzuspüren, um das Einschalten der Polizei zu verhindern und sich übermorgen unbesorgt nach Mailand verabschieden zu können.

Postblau war inzwischen abgereist. Elle hielt die Stellung in ihrem Palazzo, Gretas Quartier, und sowohl Brandon als auch Pat hatten anderes zu tun. Also nahmen die übrigen mit Gretas Familie Kontakt auf, die nun zwangsläufig auch in Unruhe versetzt war, befragten Freunde und Bekannte, auf die sie bei ihren Recherchen stießen und grasten weitere mögliche Aufenthaltsorte in Venedig ab. Doch es ergab sich nicht der leiseste Hinweis darauf, wo Greta abgeblieben war.

Nach dem Abend, den die selbsternannten Detektive im *Ai do Pozzi* verbrachten, und wo Vic wieder einmal ein bisschen zu tief ins Glas geschaut hatte, lag er noch im Dämmerzustand, als Elle am Morgen anrief.

≫Es ist nicht zu fassen! Jetzt ist Pat auch noch verschwunden!≪, fiel Elle aufgebracht mit der Tür ins Haus. ≫Sie ist gestern am frühen Abend irgendwohin losgezogen, aber bis heute früh nicht zurückgekehrt. Was denkt sie sich nur dabei! Ich meine, sie hat doch gerade erst mitbekommen, was es auslöst, wenn hier jemand einfach so verschwindet, ohne irgendwem etwas davon zu sagen! Aber gut. Sie ist bekanntermaßen ziemlich auf ihr Ego fixiert. Deshalb gehe ich mal davon aus, dass alle Aufregung unnötig ist und sie über Nacht in ihrem Atelier geblieben ist, ohne auch nur einen einzigen Gedanken an uns zu verschwenden. Wären Sie so freundlich, sie da aufzusuchen und ihr den Marsch zu blasen?≪

Nichts lieber als das, hätte Vic fast geantwortet, denn ihm schwante, welche Auswirkung diese Entwicklung auf seine geplante Tour nach Mailand haben könnte. Doch sagte er nur, er würde gleich ins Atelier hinaufgehen und sie dann zurückrufen.

Fluchend schnappte er sich ein großes Handtuch, wickelte es um die Hüften, schlüpfte ohne Strümpfe in seine Schuhe, nahm den Zweitschlüssel für das Atelier vom Bord und trabte die Treppe hinauf.

Kaum hatte er die Tür aufgeschlossen, drückte er auch schon Elles Nummer.

»Im Atelier ist sie nicht«, teilte er mit, während er weiter in den Raum hineinging. »Und ich glaube auch nicht, dass sie heute Nacht hier gewesen ist. Moment, ich muss gerade mal ein bisschen frische Luft reinlassen.« Vic legte sein Handy kurz zur Seite und öffnete die beiden Flügel eines Fensters. »Und telefonisch ist sie auch nicht zu erreichen?«

»Hätte ich Sie sonst angerufen?«, entgegnete Elle unwirsch. »Und bevor Sie auf die Idee kommen, zu fragen: Nein, auch Brandon weiß nicht, wo sie steckt. Er sagte nur, dass sie irgendein Projekt vorbereiten wollte. Deshalb habe ich sie auch im Atelier vermutet. Ich denke, es ist nun wirklich an der Zeit, die Polizei einzuschalten.«

»Aber Pat ist doch mit Greta gar nicht zu vergleichen!«, wandte Vic panisch ein, denn er sah seinen Mailand-Trip nun endgültig vor dem Aus. »Die hat mal überhaupt kein Verantwortungsbewusstsein und jede Menge Flausen im Kopf. Fragen Sie Ihren Neffen!«

»Aber Sie müssen zugeben, dass es schon eigenartig ist, wenn zwei unserer Stipendiatinnen zur gleichen Zeit plötzlich unauffindbar sind«, gab Elle zu bedenken. »Da liegt der Verdacht durchaus nahe, dass es irgendwie zusammenhängt, oder? Jedenfalls wird die Presse diese Frage aufwerfen, wenn sie davon Wind bekommt, da können Sie sicher sein. Nein, mein lieber Viktor, ich werde jetzt die Polizei informieren. Die können das vermutlich gegenüber den Medien auch noch am besten unter dem Deckel halten, bis wir wissen, wie die Dinge wirklich liegen.«

Dreizehntes Kapitel

Vic rieb sich den verspannten Nacken. Wenn die beiden verschwundenen Mädels nicht innerhalb der nächsten Stunde wie durch ein Wunder wieder auftauchten, würden sie es mit Nachforschungen durch die Polizei zu tun bekommen. Wäre es nur um Greta gegangen, hätte Vic sich vielleicht damit beruhigen können, dass alle verräterischen Unterlagen aus dem Verkehr gezogen waren, die den Bootsunfall noch einmal aufs Tapet hätten bringen können. Nach dem Verschwinden von Pat aber lagen die Dinge anders. In so einem Fall war es doch das Allererste einer polizeilichen Ermittlung, Fotos von den Vermissten heranzuschaffen. Von Pat als aufgehendem Stern am Kunsthimmel würde bereits das Internet bei Eingabe ihres Namens ein Dutzend Porträtaufnahmen ausspucken. Und schon würde den Ermittlern eine Verbindung zum Eindringen in den Giardino Eden in die Augen springen und von da aus die zu Brandon und den anderen im Boot und mit nur ein wenig Kombinationsgabe dann auch zu der deutschsprachigen Gruppe junger Leute mit hellem Motorboot ein paar Tage später bei der Bootskollision vor Burano. Nein, er konnte Venedig jetzt nicht verlassen!

Nur, wie sollte er das Magda beibringen? Ihr zu sagen, dass es um den Schutz ihres Sohnes ginge, was sie sofort verstanden hätte, wäre damit verbunden, ihr von dem Bootsunfall und Leons Beteiligung zu erzählen. Und dann wäre sie stocksauer, weil er ihr das vorenthalten hatte.

»Amore mio, come stai?«, erkundigte sich Vic deshalb erst einmal unverfänglich nach Magdas Befinden.

»Wunderbar, weil ich denke an Milano morgen«, gab Magda fröhlich zurück. »Hast du schon gebucht deine Auto?«

≫Habe ich, mein Schatz.≪ Dann stockte er. Warum hatte er Magda nur so spontan angerufen? Er hatte doch überhaupt keinen Plan!

≫Was ist Vic?≪

Er spürte, dass sie hellhörig geworden war.

≫Ich werde gleich die Polizei im Haus haben≪, setzte Vic zögerlich zu einer Erklärung an, als hoffte er, Magda würde ihm das passende Stichwort für eine plausible Fortsetzung liefern.

≫Ist gekommen eine Einbrecher in deine Palazzo? Ist dir etwas passiert?≪ Magda klang zutiefst erschrocken.

≫Nein, nein, mir ist nichts passiert und im Palazzo auch nicht. Also jedenfalls nicht so, wie du denkst.≪

Diese Wendung der Emotionen kam Vic durchaus gelegen. So würde die Absage ihrer kleinen Reise nun vielleicht nicht als arg enttäuschender Absturz aus den überschwänglichen Höhen der Vorfreude bei Magda ankommen, sondern als ein weit weniger schmerzliches Umdisponieren.

≫Zwei der jungen Kunststudentinnen sind verschwunden. Eine von ihnen ist Pat, die ihr Atelier bei mir hat. Deshalb werde ich wohl oder übel bis zu ihrem Auffinden vor Ort bleiben müssen.≪

≫Wieso sie sind verschwunden?≪

≫Ich weiß es nicht. Keiner weiß es.≪

≫Aber warum du musst in Venedig bleiben, wenn die Polizei sucht nach ihnen?≪

≫Weil ich ein wichtiger Zeuge bin.≪

≫Aber wenn du sagst ihnen heute, was du weißt darüber, dann du kannst doch morgen wegfahren≪, hielt Magda mit schlagender Logik dagegen.

Vic trieb es den Schweiß aus sämtlichen Poren.

≫Auch die Presse wird das bald aufgreifen≪, strampelte er verzweifelt weiter, hinein in den Sog fantastischer Erfindungen.

≫Signor Bembolo ist selbst gerade auf Reisen und sagte, er verlasse sich ganz auf mich, seinen Palazzo vor schlechter Presse zu bewahren. Das ist ein Arbeitsauftrag, verstehst du? Ich muss bleiben!≪

≫Ich liebe eben eine wichtige Mann≪, erwiderte Magda zärtlich, und Vic sah sie vor sich, wie sie voller Mitgefühl lächelnd mit der Schulter zuckte. ≫Dann ich komme eben zu dir nach Venedig.≪

≫Ti amo, Maddalena!≪, hauchte er erleichtert ins Telefon. ≫Und unseren Jahrestag werden wir hier noch viel romantischer feiern, das verspreche ich dir! Und nach Mailand fahren wir dann im nächsten Jahr mal wieder.≪

≫Aber ich muss erst schauen, wann es ist Platz in eine Maschine nach Venezia. So ich komme wahrscheinlich erst übermorgen, okay?≪

Und wie okay Vic das fand! Besser hätte es gar nicht laufen können. Bis dahin würde sich hoffentlich alles klären und diese dumme Geschichte endgültig aus Welt sein.

Doch das Wunder blieb aus und die Mädels verschwunden, bis Elle gegen vier Uhr nachmittags anrief und vom Besuch eines Commissario Sandrino von der Vermisstenstelle berichtete. Sie habe bereits Auskunft über die beiden Stipendiatinnen, die Umstände ihres Verschwindens und den Stand ihrer Nachforschungen gegeben. Auch darüber, dass Pat definitiv nicht zurück nach Hause gefahren sei, was sie im Übrigen über Postblau geklärt habe, damit nicht auch noch Pats nervige Eltern demnächst wieder hier aufkreuzten. Dann habe sich der Commissario die Zimmer der beiden in ihrem Haus zeigen lassen und sei nun unterwegs zum Palazzo Bembolo, um sich Pats Atelier anzusehen. Und er wolle möglichst noch heute auch mit ihm, Leon, Lene und Cora sprechen.

Also rief Vic Leon an, der mit den beiden Mädels im *Caffè La Serra* nahe der Giardini saß, um für einen Moment ihrem Trübsal zu entfliehen. Eine halbe Stunde später waren sie zurück im Palazzo, und keine fünf Minuten später läutete es auch schon an der Pforte.

Der Mann, der sich als der avisierte Commissario vorstellte, war ein leger gekleideter Endvierziger mit sonnengegerbter Haut und derart hager, dass man annehmen konnte, er jage tagein, tagaus nur an der frischen Luft durch die engen Gassen der Stadt auf der Suche nach abhandengekommenen Menschen. Vic führte ihn zu den anderen in die Wohnküche.

≫Was darf ich Ihnen anbieten, Commissario? Einen Kaffee oder ein Glas Wein vielleicht?≪, fragte Vic auf Italienisch, nachdem er alle miteinander bekannt gemacht und Signor Sandrino sich mit an den Tisch gesetzt hatte.

≫Gegen ein Gläschen Wein hätte ich nach dem Gespräch mit dieser Mrs Whitman nichts einzuwenden.≪ Der Commissario verschränkte die Arme vor der Brust und lehnte sich erschöpft zurück.

Vic sah ihn fragend an.

≫Ich meine, da sind zwei junge, aber schließlich erwachsene Frauen mal für ein Weilchen abgängig, genauer gesagt, die eine seit rund achtundvierzig, die andere gerade mal seit vierundzwanzig Stunden, und schon wird ein Fall daraus gemacht!≪ Der Commissario schüttelte unwillig den Kopf. ≫Mit Verlaub, das ist doch wirklich kein Grund, die Polizei zu alarmieren! Wo werden die beiden schon sein? Sie sind jung, es ist Frühling, und wir sind in Italien! Dieses Land ist voller schöner junger Männer und Frauen!≪

Vic füllte das Glas des Commissarios mit einem tief roten Bardolino.

≫Sie glauben, die beiden haben sich verliebt und darüber alles andere vergessen?≪, fragte Leon, nachdem er für Cora und Lene übersetzt hatte, was der Commissario sagte.

≫Bei uns in Venedig würde schwerlich jemand etwas anderes vermuten≪, erwiderte Signor Sandrino mit einem Blick, der ihnen verriet, für welch bedauernswerte Wesen er sie alle hielt, weil ihnen leidenschaftliche Liebesabenteuer so fern zu liegen schienen wie die kalte Nordsee dem brodelnden Vesuv. ≫Es sei denn, jemand ist dafür bekannt, dass er sich hin und wieder einen Rausch der nicht so ganz legalen Art gönnt. So jemand ist dann auch gern mal ein Weilchen für sich. Und gibt es einen besseren Ort, um vor sich hinzuträumen als Venedig? Warum sonst sollte hier irgendwer einfach so verschwinden? Nur bei unseren Touristen haben wir immer noch abzuklären, ob jemand vielleicht mit Todessehnsüchten aufgefallen ist. Das *Venedig-Syndrom*, Sie verstehen? Diese absurde Empfindung, die viele Fremde in unserer alten Stadt befällt und in eine so tiefe Melancholie stürzt, dass sie sich genau hier das Leben nehmen wollen. Doch soweit mir bekannt ist, trifft das auf unsere beiden Kandidatinnen nicht zu. Oder sind Sie da anderer Meinung?≪

Wie ein General seine salutierenden Soldaten schritten die Augen des Commissarios die Reihe der verneinend bewegten Köpfe ab.

≫Diese beiden schon gar nicht. Die strebten nach dem Gegenteil≪, warf Vic nachdenklich ein.

≫Lebenshungrig! Ist doch wohl normal für junge Leute. Und dabei schlagen sie eben auch schon mal ein wenig über die Stränge≪, erwiderte der Commissario grinsend.

Vic schüttelte den Kopf.

≫Ich meinte etwas anderes, ich meine Unsterblichkeit. Die beiden sind schließlich Künstlerinnen.≪

≫Unsterblichkeit, ja, ja!≪, lachte der Commissario. ≫Mein Cousin Pietro, der war genauso alt wie ich. War auch Künstler,

155

hat Malerei studiert. Und was glauben Sie, wie alt der geworden ist? Hat schon vor zwei Jahren den Löffel abgegeben. Künstler sein, das ist doch Selbstmord auf Raten! Und wofür? Den Namen auf seinem mickrigen Grabstein kennen nur seine Verwandten.«

Es geht um alles oder nichts, hörte Vic plötzlich Greta in seiner Erinnerung noch einmal sagen.

»Ich meinte das eher als ein Motiv.«

»Ein Motiv für ihr Verschwinden?« Die Stirn des Commissarios kräuselte sich. »Wollen Sie jetzt meine Arbeit machen?«

»So konkret meinte ich das nun auch wieder nicht«, ruderte Vic verlegen zurück.

»Wenn die Anwesenden dann nichts Konkretes mehr zu den vermissten Personen und ihrem möglichen Aufenthaltsort zu sagen haben, würde ich jetzt gerne das Atelier von Signora Riemann in Augenschein nehmen.«

Vic fragte sich, was der Commissario im Atelier zu finden hoffte. Er schloss die Tür auf und ließ ihn eintreten.

»Habe im Palazzo Whitman schon erfahren, dass Signora Riemann ihre Kunst mit der Kamera macht«, kommentierte Signor Sandrino die Szenerie, die sich vor ihm auftat. »Na, da haben Sie Glück, dass nicht der ganze Boden mit Farbe vollgekleckert wird.«

Dann entdeckte er die zwei Glasbehälter, die auf den Kisten platziert waren, in denen sie geliefert wurden. Der Commissario beugte sich hinab, um die Aufschrift zu lesen.

»Aus Murano«, murmelte er. »Löblich, löblich, originale Objekte zu erwerben! Ist doch absurd, wie die Touristen in Massen nach Murano strömen, um die hohe Kunst der Glasbläserei zu bestaunen, und dann kaufen sie billige Kopien aus

China als Andenken. Und auf Murano macht eine Glasmanufaktur nach der anderen dicht.«

Geradezu ehrfürchtig hob er den mit kunstvoll ziselierten Silberbeschlägen abgeschlossenen Glasbehälter von seiner Kiste, stellte ihn behutsam auf den Boden und öffnete die hölzerne Verpackung. Als er sie leer fand, schloss er sie wieder und setzte den Glasbehälter sachte zurück auf seinen Platz. Dann bewegte er sich langsam und aufmerksam in alle Ecken spähend weiter.

»Ja, was haben wir denn hier?«

Der Commissario hielt das anatomische Modell des Armes in die Höhe und anschließend auch das aus Plastik geformte Herz, von dem Greta geschrieben hatte. Er betrachtete beides eingehend und sah dann hinüber zu den Glasgefäßen.

»Das sollten wohl Nachbildungen von Ostensorien werden. Aber wozu? Und wieso mit solchem Plastikmist *made in china* in einem gläsernen Prachtstück aus Murano?«

Nachdenklich fuhr er sich mit der Zunge über die Lippen.

»Ich glaube, diese junge Künstlerin ist mir sympathisch«, hellte sich sein Gesicht plötzlich auf. »Sie sollten nicht denken, dass Polizisten nicht auch etwas von Kunst verstehen könnten. Diese Stücke gehören doch eindeutig zusammen. Eine geniale Idee, um das Dilemma von originalem Kunsthandwerk und lausigen Fakes aus industrieller Produktion zu thematisieren, von edlen Materialien und liebevoller Handarbeit auf der einen Seite und giftigen Chemieprodukten aus seelenloser industrieller Herstellung auf der anderen!«

Das hätte Postblau mal hören müssen!, dachte Vic in sich hineingrinsend. Hatte der Pat doch genau diese Idee ausgeredet mit dem Argument, in einer von Fakes überschwemmten Zeit wäre die Verwendung von billigen Nachahmungen absolut unmöglich.

Der Commissario war inzwischen weitergezogen und öffnete nun den Deckel einer Kühlbox, die verdeckt hinter den Holzkisten deponiert war.

»Perbacco! Jetzt haben wir einen Fall!«

Ohne Vic darüber zu informieren, was er aufgespürt hatte, forderte ihn der Commissario auf, ihm zurück zu den anderen in die Wohnküche zu folgen. Dort ordnete er an, dass bis auf weiteres keiner den Raum verlassen dürfe. Dann ging er wieder hinaus, schloss die Zimmertür hinter sich und telefonierte aufgeregt, ohne dass zu verstehen war, was genau gesprochen wurde.

Alle waren wie erstarrt, bis Leon seinen Vater bestürmte zu berichten, was los sei. Nur wusste Vic darüber ebenso wenig wie er. Und doch ahnten alle, dass es etwas Schlimmes gewesen sein musste, was da soeben ans Licht gekommen war.

Es dauerte eine gefühlte Ewigkeit, bis der Commissario die Tür wieder öffnete. Im Hintergrund sahen sie nun eine ganze Kolonne in weiße Einweg-Overalls gekleideter Figuren zur Treppe streben, gefolgt von drei uniformierten Polizisten. Dann wies Commissario Sandrino einem auffällig selbstbewusst wirkenden Herrn den Weg in die Wohnküche, unverkennbar ein Kollege in Zivil.

»Commissario Tozzi von der Mordkommission«, stellte Signor Sandrino ihn vor, und alle fuhren zusammen. »Er wird die Untersuchungen jetzt übernehmen, da uns ein Zusammenhang dieses Falls mit dem Verbleib der beiden vermissten Personen naheliegend erscheint.«

Anschließend verabschiedete er sich mit einem Nicken in die Runde und verließ den Raum.

»Guten Abend, Signori!« Der stattliche, glatzköpfige Commissario von der Mordkommission rieb sich die Hände. »Sie wissen, was wir oben im Atelier gefunden haben?«

Cora und Lene sahen hilfesuchend zu Leon, der ihnen die Frage des Commissarios flüsternd übersetzte, woraufhin auch sie nur stumm die Köpfe schüttelten.

Dann schlug die über ihnen schwebende böse Ahnung als schreckliche Gewissheit hart auf dem Boden der Realität auf.

»Teile einer weiblichen Leiche«, erklärte Tozzi mit eiskalter Sachlichkeit.

Während Leon übersetzte, blickte der Commisssario blitzschnell einem jeden von ihnen bedrohlich forschend in die erschrocken blank gewordenen Augen.

»Was?!« Cora riss die Augen auf und wurde kreidebleich.

»Weiß jemand von Ihnen etwas darüber?«, fuhr der Commissario unbeeindruckt fort. » Also darüber, dass sich diese Teile im Atelier befunden haben und wie sie dorthin kamen? Oder zur Identität der toten Person?«

Wieder schüttelten alle atemlos betroffen die Köpfe.

»Da wir nur einen Arm mit Hand und ein Herz gefunden haben, werden wir als erstes den gesamten Palazzo nach weiteren Leichenteilen durchsuchen. «

Cora schlug entsetzt die Hand vor den Mund angesichts dieser bildhaften Darstellung. Und Lene zitterte wie Espenlaub.

Vics Gedanken klebten dagegen noch an der Mitteilung, dass es sich bei den gefundenen Leichenteilen um dieselben Körperteile handelte wie bei den anatomischen Modellen. Was konnte es anderes bedeuten, als dass Pat auf Postblaus Kritik hin die als unbrauchbare Fakes deklassierten Plastikteile für die Befüllung der Ostensorien durch echte hatte ersetzen wollen. Aber er würde einen Teufel tun, diese Erkenntnis dem neuen Commissario unter die Nase zu reiben und damit den Verdacht gewisser Zusammenhänge auch noch zu befeuern, was ihn noch tiefer in diese Geschichte verstricken könnte. Und zum Glück hatte sich der achtsamere Commissario Sandrino inzwischen verabschiedet, der bereits dabei gewesen war, hier mögliche Zusammenhänge herzustellen. Wobei auch der sich dermaßen in eine künstlerische Interpretation verbissen hatte, die ihm persönlich besonders am Herzen lag, dass sein Denken darin steckengeblieben war. Wieder mal ein Beweis dafür, wie der Betrachter eines Kunstwerks selbst mit zum Schöpfer wird, dachte Vic beiläufig.

Er hingegen konnte sich noch überhaupt keinen Reim auf Pats künstlerische Aussage hinter dem geplanten Projekt machen. Sandrinos Interpretation hätte er sich vielleicht bei Lene mit ihrem gesellschaftskritischen Denken vorstellen können, nicht aber bei Pat. Die bezog ihre Themen aus den Tiefen ihres Innenlebens. Das Einzige, was für ihn feststand, war, dass Pat mit etwas Spektakulärem punkten wollte.

»Nun, dann wollen wir uns mal über die Vermissten unterhalten«, setzte Commissario Tozzi wieder an, nachdem er feststellen musste, dass sein Versuch, mit der angekündigten Hausdurchsuchung einen Wissenden aufzuschrecken, ein Schlag ins Wasser gewesen war. »Signora Mommsen verschwand also vorgestern, Signora Riemann erst gestern. Welches Verhältnis hatten die beiden zueinander?«

»Dazu kann Ihnen vermutlich Signora Lax am ehesten etwas sagen. Sie ist die dritte Stipendiatin von Mrs Whitman und wohnt mit den beiden zusammen«, erklärte Vic.

Der Commissario richtete seine Augen auf Lene.

»Die beiden hatten kein besonderes Verhältnis zueinander«, flüsterte Lene Leon zu, der für sie auf Italienisch antwortete.

»Sie sind Deutsche?«, merkte der Commissario zu Vics Entsetzen auf.

»Wie wir alle. Aber die beiden sprechen kein Italienisch«, erläuterte er hektisch darum bemüht, die Gedanken des Commissarios zurück auf die Verschwundenen zu lenken. »Mein Sohn übersetzt weiter, wenn das für Sie in Ordnung ist?«

Der Commissario nickte.

»Was meinen Sie mit *kein besonderes Verhältnis?* Hatten die beiden kaum Kontakt miteinander? Oder haben sie sich nicht sonderlich gut verstanden?«, fasste der Commissario nach.

»Lene sagt, Greta hätte ständig alle beobachtet, was auch sie schon ein wenig gestört habe. Aber in letzter Zeit hätte Greta besonders Pat ins Visier genommen.«

Der Commissario horchte auf: »Warum? Was denken Sie?«

»Greta ist Autorin und schreibt über das, was sie mit Leuten erlebt.«

»Also könnte es darüber zu einer Auseinandersetzung zwischen den beiden gekommen sein«, kombinierte der Commissario blitzschnell. »Und die ist dann aus dem Ruder gelaufen.«

»Pat bringt doch niemanden um!«, raunte Leon.

»Ach, so etwas ist schnell passiert. Ein leichter Stoß, der Kontrahent kippt nach hinten und schlägt mit dem Kopf gegen einen kantigen Gegenstand, leider mit tödlichem Ausgang«, meinte der Commissario salopp. »Und dann muss die Leiche natürlich möglichst unauffällig beseitigt werden. Ein Zerteilen noch am Ort des Geschehens macht da durchaus Sinn. Wir werden das Atelier auf entsprechende Spuren untersuchen. Und dann passiert etwas, das den Täter verunsichert, woraufhin er die Flucht ergreift. Womit wir auch eine plausible Erklärung für das Verschwinden von Signora Riemann am darauffolgenden Tag hätten.« Der Commissario rieb sich selbstzufrieden die Flanken seines eindrucksvollen Spitzbauchs.

Nachdem es Vic für einen Moment die Sprache verschlagen hatte, platzte es nun wie das Wasser eines brechenden Staudamms aus ihm hervor: »Wieso sind Sie eigentlich so sicher, dass es sich hier überhaupt um ein Tötungsdelikt handelt? Und wenn dem so sein sollte, wie kommen Sie dazu, sich ohne den geringsten Beweis auf Signora Riemann als potenzielle Mörderin zu kaprizieren?«

≫Signore, wenn Sie meinen Ausführungen gefolgt wären, wüssten Sie, dass es auf der Hand liegt≪, konterte der Commissario barsch.

Vic hörte, wie Cora leise zu schluchzen begann. Leon legte seinen Arm um ihre Schultern und zog sie tröstend an sich.

Auch Vic fühlte sich nur noch elend, war aber weiterhin nicht bereit, den kruden Theorien dieses Commissarios zu folgen.

≫Es könnte doch auch alles ganz anders gewesen sein. Angenommen, es handelt sich wirklich um einen tödlichen Unfall oder von mir aus auch um Mord und es wäre wirklich Signora Mommsen das Opfer, was, wenn es jemand anderes war, der sie auf dem Gewissen hat? Dann läuft in unserer Nähe ein Mörder frei herum, der möglicherweise auch Signora Riemann in seine Gewalt gebracht hat, die nun ebenfalls in akuter Lebensgefahr schwebt. Und vielleicht hat der es sogar noch auf andere aus unserem Umfeld abgesehen! Und überhaupt: Was lässt Sie so sicher sein, dass es sich bei dem Opfer um Signora Mommsen handelt? Das Einzige, was wir sicher wissen, ist doch, dass hier zwei junge Frauen auf mysteriöse Weise verschwunden sind≪ – und die Polizei nichts Besseres zu tun hat, als sich mit der Bergung von Teilen eines ohnehin toten Menschen zu beschäftigen, anstatt die Vermissten zu suchen und in Sicherheit zu bringen, hätte Vic gerne noch hinzugefügt, konnte es sich aber gerade noch verkneifen.

≫Sie übersehen, dass wir als einzig realen Gegenstand einer möglicherweise kriminellen Tat die Teile einer definitiv zu Tode gekommenen Person haben≪, gab Signor Tozzi ungehalten zurück. ≫Sie werden sich also gedulden müssen, bis wir die Identität der toten Person geklärt haben. Ob die DNA-Proben, die wir uns bereits aus dem Palazzo Whitman von den beiden vermissten Damen besorgt haben, eine Übereinstimmung mit den Leichenteilen oder Spuren daran ergeben, werden wir Ihnen morgen mitteilen. Dann sehen wir weiter. Und bis dahin verlässt keiner von Ihnen die Stadt!≪

Vierzehntes Kapitel

Nein! So sonderbar Pat auch sein mochte, sie konnte Greta niemals etwas so Schreckliches angetan haben, darin waren sich alle einig. Und überhaupt mochte niemand daran glauben, dass Greta tot wäre.

Was für ein irrsinniger Albtraum!, dachte Vic und wünschte sich nichts sehnlicher, als endlich daraus zu erwachen. Aber es gab ihn nun einmal wirklich, diesen grausamen Fund! Und wer auch immer hier wen auch immer zerstückelt hatte, dieser Mensch musste wahnsinnig sein!

Lene stürzte dieser Gedanke in Todesängste. Schließlich war nicht nur Greta auf mysteriöse Weise verschwunden, sondern auch Pat. Was, wenn dieser mörderische Wahnsinnige alle beide umgebracht hätte und ein Leichenteil von Greta stammte und das andere von Pat? Und wenn man nun bedenke, dass die einzige Verbindung zwischen den beiden sei, dass sie zur Gruppe der Stipendiatinnen von Elle gehörten, wäre doch naheliegend, dieser Wahnsinnige hätte es auf sie alle drei abgesehen! Vielleicht einfach nur, weil sie Künstlerinnen waren? So etwas wäre in diesen Zeiten doch leicht möglich, wo sich solche irren Dumpfbacken regelmäßig in ihren Hate-Blasen gegenseitig aufputschten und alle und jeden, der nur ein wenig anders war als sie selbst, zum Todfeind erklärten.

Um sie zu beruhigen, offenbarte Vic nun doch, was er über Pats Plan wusste, die Ostensorien mit menschlichen Gliedmaßen und Organen zu bestücken. Und auch, wie Postblau die Nachbildungen aus Plastik als unbrauchbare Fakes bezeichnet hatte, weshalb er persönlich diese Leichenteile in einem Zusammenhang mit Pats künstlerischem Vorhaben sah.

Nur leider verfehlte Vics Versuch die beabsichtigte Wirkung. Schließlich war er es gewesen war, der gegenüber dem

Commissario die Möglichkeit eines Fremden als mörderischem Täter ins Spiel gebracht hatte. Wie also sollten Lene seine Worte jetzt noch glaubwürdig erscheinen?

Im Übrigen hatte die Anordnung, die Stadt nicht zu verlassen, ihrer aller Status entscheidend verändert. Statt als Zeugen beteiligt zu sein, fühlten sie sich bei näherer Betrachtung nun in den zweifelhaften Rang potenzieller Täter befördert oder doch zumindest der Beihilfe in einem Mordfall verdächtig. Wie absurd!

Aber immerhin lenkte dieser Umstand Lene ein wenig von ihrer Angst ab, möglicherweise als nächstes Opfer auf der Liste eines unbekannten Mörders zu stehen. Und sie fragte sich, ob Gretas Notizen, die sie sich zu allem und jedem gemacht hatte, nicht noch größere Schatten des Verdachts auf sie werfen könnten. Das verleitete Leon gegen ihre Abmachung preiszugeben, wie er und sein Vater die Aufzeichnungen in Gretas Zimmer aufgestöbert und mitgenommen hatten.

Daraufhin wollte Lene alles haarklein über den Inhalt der Notizen erfahren und bedrängte Leon, zu erzählen, welche Laster Greta ihr andichtet hatte. Seine ehrliche Antwort quittierte sie mit einem spontanen Tobsuchtsanfall, womit sie dummerweise genau die lasterhafte Eigenschaft in voller Blüte zur Schau stellte, die sie gerade noch so vehement von sich gewiesen hatte.

Erst als alle hundemüde waren, löste sich die Runde auf. Da sich Lene vor der Rückkehr in den Palazzo Whitman fürchtete und Cora jetzt auch nicht allein sein mochte, bot Leon an, in Magdas Bett umzuziehen und den Mädels das zweite Schlafzimmer zu überlassen.

Nachdem sie sich zurückgezogen hatten, räumten Vic und Leon noch die Küche auf.

»Gretas Aufzeichnungen müssen zurück!«, sagte Vic mit gedämpfter Stimme, während er die gespülten Teller abtrocknete.

»Wieso das denn?«, entgegnete Leon überrascht.

≫Wie du gesehen hast, wusste auch Lene von ihrer Existenz. Und jetzt weiß sie auch noch, dass wir sie geklaut haben≪, erklärte Vic. ≫War nicht so schlau, ihr das auf die Nase zu binden. Und Cora weiß jetzt auch davon.≪

≫Ja und?≪

≫Die Vernehmungen gehen morgen sicher noch weiter, und eine der beiden könnte davon erzählen≪, antwortete Vic.

≫Dann sage ich ihnen eben, dass sie darüber schweigen sollen≪, meinte Leon achselzuckend.

≫Wenn's hart auf hart kommt, und offensichtlich sind wir jetzt alle verdächtig, verrät es eine der beiden vielleicht doch im Eifer des Gefechts. Und dann wird sich die Polizei fragen, was für ein Interesse wir daran gehabt haben könnten, die Aufzeichnungen verschwinden zu lassen. Das kann uns ganz hübsch in die Bredouille bringen.≪

≫Cora verrät uns ganz bestimmt nicht!≪, verteidigte Leon seine neue Angebetete inbrünstig.

≫Ob du Cora nach der kurzen Zeit wirklich schon so genau einschätzen kannst? Ist aber auch egal. Wenn das auffliegt, könnte es zudem als Behinderung der Ermittlungen durch Unterschlagung von Beweismitteln gewertet werden. Die Unterlagen müssen zurück!≪, wiederholte Vic entschieden. ≫Ich meine, diese Geschichte hat sich zu einer ungeahnt ernsten Angelegenheit entwickelt. Und wer weiß, ob in Gretas Aufzeichnungen nicht noch relevante Hinweise zur Aufklärung dieser schrecklichen Ereignisse enthalten sind. Oder auch nur welche, die helfen könnten herauszufinden, wo Greta abgeblieben ist oder um sie als möglicherweise ebenfalls Verdächtige zu entlasten.≪

≫Und wie willst du das anstellen? Elle wäre stinksauer, wenn sie erführe, dass wir die Notizen mitgenommen haben, ohne ihr etwas davon zu sagen≪, gab Leon zu bedenken.

≫Das machen wir ganz anders≪, verkündete Vic nach einer Weile des Nachdenkens. ≫Du bringst die Aufzeichnungen morgen direkt zu diesem Tozzi, allerdings ohne den Teil über den Bootsunfall. Und dann sagst du, Greta hätte sie dir in Verwahrung gegeben, da sie fürchtete, ihre Unterlagen wären im Palazzo Whitman vor der unbändigen Neugier von Elle nicht sicher.≪

≫Okay≪, gab sich Leon endlich geschlagen. ≫Aber sollten wir dann nicht auch ihr Geschreibsel über den Einstieg in den Giardino Eden und über das Stromkappen noch ein bisschen frisieren?≪

≫Die Notizen zum Giardino Eden lassen wir besser auch ganz verschwinden. Die Geschichte mit dem Stromkabel können wir drin lassen. Da erwähnt Greta dich nur als unbeteiligten Begleiter, der im entscheidenden Moment mit seinen Gedanken ganz woanders war. Wie beschrieb sie das noch mal? *Leon, der das Chick des abgelenkten Leitgockels mit seinem Blick geradezu verschlingt. Ein überzeugendes Alibi≪, grinste Vic.

≫Du bist so was von – !≪ Leon verpasste seinem Vater einen Knuff an den Oberarm.

Als Leon sich am nächsten Morgen gerade zum Kommissariat aufmachen wollte, um Gretas Aufzeichnungen abzuliefern, läutete es an der Pforte. Instinktiv zog er sich in die Wohnküche zurück, bevor Vic öffnete. Vor der Tür stand die angekündigte Truppe für die Hausdurchsuchung, angeführt von diesem Tozzi.

≫Wir werden uns von oben nach unten durcharbeiten≪, verkündete der Commissario, nachdem sie sich begrüßt hatten und marschierte voraus zur Treppe, um seinen Leuten den Weg zu zeigen.

Vic kehrte zu Leon zurück.

≫Und was machen wir jetzt?≪, fragte Leon, dem der strenge Ton des Commissarios das Herz hatte in die Hose rutschen lassen.

≫Nehmen wir es als Geschenk des Himmels≪, erwiderte Vic grinsend.

»Ich pack das aber nicht, dem die Aufzeichnungen persönlich zu übergeben«, druckste Leon beklommen herum.

»Solltest du auch besser nicht«, meinte Vic. »Wer weiß, mit was für verfänglichen Fragen der dir gleich käme.«

Leon sah ihn nun noch betrübter an.

»Sieh zu, dass du dich auf die Socken machst! Solange der Mann hier beschäftigt ist, kannst du den Umschlag im Kommissariat ohne weiteres Geplänkel für ihn abgeben und gleich wieder verschwinden.«

Es wurde früher Abend, bis der Commissario die Durchsuchung für abgeschlossen erklärte, seine Mannschaft abrücken ließ und alle zu einer weiteren Vernehmung in die Wohnküche des Palazzos beorderte.

Leon saß geduckt und mit Schulterschluss neben Vic, als der Commissario den Raum betrat.

»So, Herrschaften! Zum Stand der Dinge: Noch ist die Identität der Leiche nicht geklärt. Ich erwarte die Ergebnisse der DNA-Analyse aber noch heute. Leider haben unsere Untersuchungen hier im Hause keine weiteren Hinweise ergeben. Interessant hingegen sind einige Dokumente, die uns heute zugestellt wurden.« Der Commissario warf Leon einen durchdringenden Blick zu. »Warum haben Sie uns die nicht schon gestern ausgehändigt?«

Leons Lippen pressten sich vor lauter Aufregung so fest aufeinander, dass er keine Antwort hätte geben können, selbst wenn ihm eine eingefallen wäre.

»Mein Sohn erinnerte sich erst gestern am späten Abend wieder daran, dass Signora Mommsen ihm etwas zur Aufbewahrung gegeben hatte.«

»So, so!« Die Augenlider des Commissarios verengten sich misstrauisch zu zwei bedrohlichen Schlitzen.

»Und er fragte sich ohnehin, ob das für Ihre Ermittlungen überhaupt von Belang sein könnte«, ergänzte Vic nervös.

Der Unterkiefer des Commissarios rollte gefährlich malmend hin und her, als prüfte er, ob ihm diese Aussage schmeckte oder eher nicht.

Vic und Leon warfen sich einen bangen Seitenblick zu. Beide dachten sie in diesem Moment das Gleiche, nämlich ob der Commissario der reizvollen Versuchung erliegen würde, Leon jetzt so richtig auseinanderzunehmen.

»Nun, kommen wir also zur Sache«, fuhr Tozzi zu ihrer großen Erleichterung dann aber an alle gerichtet fort. »Signora Mommsens Aufzeichnungen haben uns detailliert Aufschluss über das Geschehen in der Zeit von ihrem Eintreffen in Venedig bis kurz vor ihrem Verschwinden geliefert.« Er grinste und murmelte: »Sie hätte eine gute Polizistin abgegeben.«

»Wohl wahr!«, grummelte Lene leise vor sich hin, was Leon vor lauter Aufregung automatisch ebenfalls übersetzte.

»Woher meinen Sie das zu wissen?« Tozzi war hellhörig geworden. »Sind Ihnen die Aufzeichnungen bekannt?«

Wieder fuhren Vic und Leon zusammen. Würde Lene jetzt ihren Klau ausplaudern? Hoffentlich wäre Leon dann so geistesgegenwärtig, es in seiner Übersetzung auslassen!

»Das ist gar nicht nötig. Jeder von uns hat doch mitbekommen, wie er von Greta mit Argusaugen beobachtet wurde. Und wie sie sich andauernd und überall Notizen dazu machte«, antwortete Lene zum Glück aber nur, so dass sich ein getürktes Übersetzungsmanöver zum Glück erübrigte.

»Und das ist alles?«, hakte der Commissario lauernd nach.

Diesmal beschränkte sich Lene darauf zu nicken.

Vic und Leon atmeten auf.

»Signora Mommsen hat uns interessanterweise noch eine weitergehende Vorlage geliefert. Morde beruhen nämlich darauf, dass ein Täter seine Gefühle oder Bedürfnisse nicht im Griff hat. Und Signora Mommsens Beobachtungsweise ähnelt der unseren, um Triebkräfte, um Motive zu analysieren, in unserem Falle für tätliche Auseinandersetzungen. Bei Raubmorden liegt es auf der Hand, dass wir es mit Habsucht und Neid zu tun haben, bei Sexualdelikten mit Wollust und Selbstsucht, bei Beziehungstaten meist mit verletztem Stolz und Rachsucht, mit Eifersucht oder Überdruss.«

Damit hatte der Commissario mal soeben sämtliche Todsünden als Quellen mörderischer Impulse vor ihnen hingeblättert. Also waren diese Laster doch mehr als nur kleine Charakterschwächen, die man gern leichtfertig romantisierte. In Wirklichkeit waren sie demnach sogar möglicher Ursprung von Mord und Totschlag, von schlimmster Versündigung! Doch Vic blieb keine Zeit, weiter darüber nachzudenken, denn der Commissario hatte schon wieder Leon auf dem Kieker.

»Wussten Sie, dass Signora Mommsen auch Sie beobachtete? Fürchteten Sie, dass sie etwas Ehrenrühriges über Sie veröffentlichen könnte? Haben Sie deshalb die Aufzeichnungen an sich gebracht? Wollten Sie – « setzte der Commissario gerade wieder an, als es an der Pforte schellte.

Vic sprang auf.

»Wenn Sie mich bitte einen Moment entschuldigen?«

Kaum hatte er die Haustür geöffnet, rief er, um die Fortsetzung der bedrohlichen Befragung von Leon zu vereiteln, sofort laut auf Italienisch in Richtung der anderen: »Signora Mommsen ist wieder da!«

Dann führte er die von Mrs Whitman begleitete Wiederauferstandene in die Wohnküche, wo es totenstill wurde, als träte ihnen ein Geist entgegen.

Kurz darauf aber brach ein regelrechter Tumult über die Totgeglaubte herein. Lene eilte auf Greta zu und erdrückte sie fast vor Wiedersehensfreude. Cora konnte sich nicht entscheiden, ob sie weinen oder lachen sollte und tat beides gleichzeitig. Leon rief Vic etwas Undefinierbares zu, und der Commissario starrte perplex auf die chaotische Szene, während sich Elle ungewohnt dezent im Hintergrund hielt.

≫Signori! Signori, per favore! Signori!≪, versuchte sich Signor Tozzi nach einer Weile wieder Gehör zu verschaffen. Doch es dauerte noch eine ganze Weile, bis sich der Sturm der Emotionen legte. ≫Signora Mommsen also, wenn ich das richtig verstehe?≪

Greta nickte.

≫Es freut auch mich außerordentlich, Sie gesund und munter zu sehen≪, begann der Commissario. ≫Wie Sie gewiss bereits von Mrs Whitman erfahren haben, machte man sich große Sorgen um Sie, zumal in diesem Haus Teile einer noch nicht identifizierten Leiche gefunden wurden.≪

Daraufhin erzählte Greta, wie sie am Nachmittag vor der Lesung auf dem Markusplatz Bekanntschaft mit einem reichen amerikanischen Ehepaar machte. Die hätten ihr Interesse geweckt, weil sie auffällig im Stil der 1930er Jahre gekleidet auf der Terrasse des *Caffè Quadri* gesessen hätten, obwohl die Zeit des Karnevals doch längst vorüber gewesen sei. Sie wären ins Gespräch gekommen, und sie hätte die beiden als faszinierend exzentrische Persönlichkeiten kennengelernt. Und dann hätten sie ihr erzählt, dass sie mit einem historischen Segelschiff ein paar Monate auf dem Mittelmeer kreuzen würden und sie dann eingeladen, einen Abstecher von Venedig nach Split und zurück mitzusegeln. Dabei hätte die bildschöne Frau ihre Hände fest umschlossen, während der nicht minder attraktive Mann eine Hand auf ihren Oberschenkel gelegt habe. Diese erotisch aufgeladene Szene hätte sie an einen berühmten Roman von Hemingway über so eine Ménage à trois erinnert und dazu geführt, dass sie sich einfach auf diese einzigartige Gelegenheit hätte einlassen müssen. Nur wären ein paar Bedingungen daran geknüpft gewesen, weshalb sie niemandem mehr vor ihrer Abreise hätte Bescheid geben und sich auch nicht von unterwegs hatte melden können. Denn sie musste sich bereit erklären, ihr gespieltes Leben in den 1930er Jahren spontan und kompromisslos mitzumachen, was bedeutete, dass sie als erstes ihr Handy abgeben musste. Und dann seien sie direkt zum *Diporto Velico Veneziano*, dem Seglerhafen in Sant'Elena, gelaufen, wo sie an Bord des Schiffes gegangen und noch am selben Abend ausgelaufen seien. Was weiter geschah, täte nichts zur Sache und bliebe ihr künstlerisches Geheimnis, bis ihr Roman vorläge, mit dem sie an Hemingways gefeiertes Werk anschließen wolle. Eine ganz große literarische Chance!

»Und Sie können nachweisen, dass Sie zum Zeitpunkt des Verschwindens von Signora Riemann, also am Tag nach Ihrem Abtauchen, nicht in Venedig waren?«, fragte der stumpfe Tozzi, während den anderen noch der Mund offen stand. »Wie heißen denn diese Leute, mit denen Sie auf Tour waren?«

»Allen und Jody«, antwortete Greta. »Den Nachnamen kenne ich nicht.«

»Aber den Namen des Bootes werden Sie doch wissen! Dann können wir den Eigner über die Hafenmeisterei ermitteln.«

»Ich will aber nicht, dass die beiden in diese Sache hineingezogen werden. Sie haben nichts, aber auch gar nichts damit zu tun«, verweigerte sich Greta.

»Aber Sie haben mit dieser Sache zu tun!«

»Habe ich nicht! Wie kommen Sie überhaupt darauf?«

»Wir haben Beweise dafür, dass Sie alle Leute Ihrer Umgebung bespitzelt haben, so dass diese befürchten mussten, Opfer ihrer schriftstellerischen Ergüsse und damit möglicherweise in der Öffentlichkeit bloßgestellt zu werden«, polterte der Commissario. »Und Signora Riemann ist Ihnen draufgekommen. Darüber gab es dann einen Streit zwischen Ihnen, und in dem Zuge ist Ihre Kontrahentin zu Tode gekommen.«

Bevor Greta kontern konnte, wandte sich Tozzi plötzlich ab, um einen weiteren Anruf anzunehmen.

Gretas Augen blitzten vor Wut.

≫Sie können sich vorläufig entspannen≪, warf der Commissario ihr unvermutet kaum drei Minuten später zu. ≫Die Tote ist nicht Signora Riemann. Das hat der DNA-Abgleich soeben ergeben.≪

Auch Pat war also nicht tot, jedenfalls vermutlich und hoffentlich nicht! Ein mächtiges Raunen der Erleichterung durchzog den Raum.

≫Damit ist es mit der Vorläufigkeit der Entspannung aber auch schon wieder vorbei!≪, mahnte Tozzi streng. ≫Es bleibt die Frage nach der Identität der zu Tode gekommenen Frau und danach, wie Teile ihrer Leiche in diesen Palazzo kamen.≪

Vic horchte auf. Fehlte da nicht plötzlich eine zentrale Frage, nämlich die nach demjenigen, der diese unbekannte Person ins Jenseits befördert hatte?

Und als ob der Commissario Vics Gedanken hätte lesen können, fügte der hinzu: ≫Unsere Pathologie hat noch etwas Entscheidendes mitgeteilt. Die Obduktion des Herzens hat eine nicht behandelte bakterielle Endokarditis aufgedeckt. Das Ausmaß des Herzklappenbefalls weist auf ein fortgeschrittenes Stadium hin. Es ist daher möglich, wenn nicht sogar wahrscheinlich, dass diese Erkrankung zu einem natürlichen Versterben dieser etwa fünfundzwanzig Jahre alten weiblichen Person geführt hat. Insofern erübrigt sich zumindest die weitere Suche nach einem Mörder.≪

Ein weiteres Mal war ein kollektives Aufatmen zu vernehmen.

Da schob Elle ihren Kopf über Vics Schulter und raunte ihm zu: ≫Wenn das Herz dieser Leiche nachweislich gesundheitlich derart angegriffen war, könnte jetzt doch auch niemand mehr wegen Organhandels belangt werden, oder?≪

≫Ich denke nicht≪, antwortete Vic auf diese Frage, die er wohl verstanden, aber nicht ganz begriffen hatte. Verwirrt drehte er sich zu Elle um. Die aber hatte sich bereits an ihm vorbeigeschoben und ging nun zielstrebig auf Signor Tozzi zu.

»Commissario, ich möchte Ihnen von Herzen für die hervorragende Ermittlungsarbeit danken, die Sie mit Ihrem Team geleistet haben, um uns die erdrückende Sorge zu nehmen, einer unserer Stipendiatinnen könnte etwas unfassbar Grausames zugestoßen sein. Und vielleicht kann nun ich ein klein wenig zur Beantwortung der noch offenen Fragen beitragen. Erst die jüngsten Entwicklungen in dieser Sache haben mich darauf gebracht, dass es von Belang sein könnte, Ihnen vom Einsatz meines Neffen Brandon zu erzählen. Ich hatte ihn angewiesen, Signora Riemann zu assistieren, wo immer sie technische Hilfe bräuchte. Natürlich war ich darüber nie en détail informiert. So wusste ich in diesem Fall auch nur, dass Brandon mit meinem Boot einen Transport für sie übernehmen sollte. Signora Riemann hatte ihn beauftragt, etwas in Triest abzuholen. Und erst heute früh, als ich mit Brandon über die Ermittlungs-ergebnisse sprach und dabei die Kühlbox erwähnte, in der Ihr Kollege den gruseligen Fund machte, erzählte mir mein Neffe, dass er die von Signora Riemann bestellte Ware in einem solchen Behältnis übernommen hätte. Natürlich wissen wir beide nicht, ob es sich dabei um dieselbe Kühlbox handelt und ebenso wenig, was sich auf dem Weg von Triest nach Venedig darin befand.«

Wer's glaubt, wird selig, dachte Vic und zog die Augenbrauen hoch. Wenn Brandon wirklich nicht schon vorher wusste, was er für Pat abholen sollte, hätte er mit Sicherheit vor der Rückfahrt in den Behälter geschaut, um es herauszufinden. Dann endlich ging ihm ein Licht auf: Ob nun vorher oder erst bei Abholung, Brandon wusste, dass er Körperteile transportierte und darunter auch ein Organ, das in gesundem, für eine Transplantation geeignetem Zustand viele Zehntausend Euro hätte einbringen können. Das Aufdecken der Beteiligung an einem solchen Schwarzmarkthandel hätte Brandon einige Jahre hinter Gitter bringen können, was ihn aber offensichtlich nicht abgeschreckt, wohl aber Elle nun in Panik versetzt hatte.

»Und wann war diese Bootstour?«, fuhr der Commissario fort, und Vic bedauerte ihn, wie naiv er sein musste, wenn er sich von Elle so leicht blenden ließ und nicht weiter nachhakte. Aber er kannte sie eben nicht.

»Losgefahren ist er am Abend des Tages, an dem Signora Mommsen verschwand. Und am nächsten Tag, also vorgestern, hat mein Neffe Signora Riemann die Fracht noch persönlich übergeben.«

»Wo und zu welcher Uhrzeit hat diese Übergabe denn stattgefunden?«

»Hier im Palazzo Bembolo. So gegen neunzehn Uhr.«

»Aber hatten Sie nicht zu Protokoll gegeben, Signora Riemann als Letzte gesehen zu haben, nämlich am frühen Abend des besagten Tages, als sie Ihr Haus mit unbekanntem Ziel verließ?«

»Ja. Aber vom Zeitpunkt der Übergabe der bestellten Ware habe ich doch erst heute von Brandon erfahren.«

»Dann wären also nicht Sie die letzte Person, die Signora Riemann gesehen hat, sondern Ihr Neffe?«

»Der ist nach der Übergabe sofort wieder abgefahren«, beeilte sich Elle, ihren Neffen aus der Schusslinie zu manövrieren. »Und er weiß auch nicht, was für ein Ziel Signora Riemann eventuell noch an jenem Abend hatte.«

»Nun gut, wir werden das überprüfen und Ihren Neffen dann auch noch zu dem Lieferanten der Ware befragen«, meinte der Commissario und verkündete endlich den Abschluss des Verhörs. »Und sollte jemandem doch noch etwas zum Verbleib von Signora Riemann einfallen, wie gerade so überraschend Signora Whitman, melden Sie sich bitte umgehend bei uns!«

Fünfzehntes Kapitel

Am nächsten Vormittag war Stella aus Padua zurückgekommen. Nachdem sie ihr bei einem ausgiebigen Frühstück alles über die Geschehnisse der letzten Tage erzählt hatten, kümmerte sie sich darum, den Kühlschrank vor Magdas bevorstehender Ankunft aufzufüllen, während Leon und Cora die Wohnung auf Vordermann brachten. Und immer wieder telefonierten sie mit Greta und Lene, die nach dem Frühstück in den Palazzo Whitman zurückgekehrt waren.

Erst am Abend platzte die nächste Bombe. Lene hatte eine heiße Neuigkeit angekündigt, und eine Stunde später klingelten sie und Greta Sturm an der Pforte des Palazzo Bembolo.

»Die Polizei hat das Boot und Brandons Computer gefilzt! Der hat da voll mitgemischt!«, platzte es aus Lene heraus, noch bevor sie mit Greta und Leon die Wohnküche erreichte, wo Vic, Stella und Cora sie erwarteten.

»Sie haben Brandon nachgewiesen, dass er doch wusste, was er für Pat transportierte«, konstatierte Leon lässig, da er wie Vic längst der Meinung war, dass es so gewesen sein musste.

»Genau!«, bestätigte Lene überrascht. »Aber der steckt noch viel tiefer mit drin! Auf seinem Computer fanden sich Spuren ins Darknet und zu dubiosen Verbindungen nach Rumänien.« Sie stockte. »Und wenn jetzt welche dieser Kriminellen Brandon gefolgt wären, um Brandon mit seinem Organschmuggel zu erpressen? Weil andere doch mit ziemlicher Sicherheit auch nichts davon wussten, dass diese Leichenteile von einem todkranken Menschen stammten. Ich meine, einer mit einem so schicken Boot, der hat eindeutig richtig Kohle. Und dann haben sie die Übergabe an Pat beobachtet und begriffen, dass sie eine noch leichtere Beute wäre, und haben sie entführt? Und mal angenommen, die Verbrecher hätten dann noch mehr Informationen aus Pat herausgeprügelt und davon erfahren, dass die steinreiche Mrs Whitman dahintersteckt? Und auch hinter den Stipendien? Dann könnten sie es jetzt auch noch auf Greta und mich abgesehen haben.« Lene zitterte am ganzen Leib.

»Aber die Polizei hat doch auch gesagt, dass man in den Ländern des ehemaligen Ostblocks ganz einfach an Leichen herankäme, weil dort die toten Körper armer Leute automatisch fürs wissenschaftliche Sezieren freigegeben würden, wenn sich bei ihnen nicht genug Geld für eine Beerdigung fände. Da juckt das doch keinen, wenn mal ein paar Körperteile abgezweigt werden«, hielt Greta unbeeindruckt dagegen.

»Das heißt, selbst wenn Brandon auch noch an der Bestellung der Leichenteile beteiligt war, dürfte die Polizei ihm unter den gegebenen Umständen kaum etwas anhaben können. Schwein gehabt!«, resümierte Vic, obwohl er sich fragte, ob die Einfuhr einer solchen Fracht nach Italien rechtlich gesehen nicht trotzdem unter anderen Vorzeichen stand. Aber er wollte diesen Punkt einfach abschließen, um endlich zu der Frage zu kommen, die ihm am meisten auf den Nägeln brannte: »Haben die sein Boot denn mit dem Schiff in Verbindung gebracht, das von der Überwachungskamera bei eurem idiotischen Kapern des Giardino Eden erfasst wurde? Schließlich könnten sie dadurch auch leicht auf euch als Verursacher der Havarie mit dem Fischerboot schließen!«

»Nö«, meinte Greta gelassen. »Und das wird auch nicht mehr passieren. Denn auf dem Foto, das die Polizei jetzt gemacht hat, sieht das Boot völlig anders aus. Es hat nämlich neuerdings einen Totenkopf am Bug.«

Fragend zog Vic die Augenbrauen hoch.

»Brandon hat die Gelegenheit genutzt und sich bei den Leichenfledderern gleich einen blanken Schädel mitbestellt, wie er schon lange einen haben wollte«, erklärte Greta.

»Aber dann weiß die Polizei doch, dass er den Schädel erst seit ein paar Tagen hat«, wandte Leon erschrocken ein.

»Die Mordkommission weiß das. Aber die wussten offensichtlich nichts von den anderen Geschichten, oder es interessierte sie nicht. Und sollte doch noch mal jemand von einer anderen Abteilung dieses Foto in die Finger kriegen, wird er das Boot von Elle wegen dieser markanten Galionsfigur sofort ausschließen«, ergänzte Greta verschmitzt grinsend.

Hätte nie gedacht, dass mich dieser makabre Einfall von Brandon noch mal so begeistern könnte, dachte Vic erleichtert. Stattdessen aber wies er mit gewichtiger Miene darauf hin, was für ein mords Glück sie doch gehabt hätten, dass ihr wüster Unfug nun vermutlich ohne Konsequenzen für sie bleiben würde.

Dabei beobachtete er, wie Stella nach der Hand ihres Bruders fasste und sie fest drückte. Diese unselige Bedrängnis hatte die beiden wieder zusammengeschweißt, und Vic war gewiss, dass sie einander immer beistehen würden, wann immer es darauf ankäme.

Er öffnete den Kühlschrank und angelte nach dem Prosecco, der eigentlich für Magdas Empfang gedacht war und ließ den Korken knallen. Mit dem Überschäumen perlten all seine Sorgen von ihm ab. Das wurde auch höchste Zeit, erwartete er seine Magda doch noch am heutigen Abend zurück. Er schaute aufs Handy, um zu sehen, ob es nicht bald Zeit wäre, seine Liebste vom Anleger des Flughafenzubringers abzuholen. Da entdeckte er eine Nachricht von ihr, schon vor Stunden versandt, und er hatte nichts davon mitbekommen!

»Magda hat geschrieben«, murmelte Vic, ohne von seinem Smartphone aufzuschauen. »Ihr wurde der Stand-by-Platz für den Flug heute Abend gestrichen. Eine chinesische Reisegruppe musste wegen einer verspäteten Ankunft aus Peking auf ihre Maschine umgebucht werden. Sie kommt erst morgen.«

»Dann könnten wir noch mal die Kneipen abklappern und die Leute nach Pat fragen«, schlug Leon vor, und Vic spürte Scham in sich aufsteigen, hatte er das arme Mädchen doch für einen Moment völlig vergessen.

War das etwa ein Beweis für diese gewisse Trägheit des Herzens, die Greta ihm angedichtet hatte? Vic spülte den unguten Gedanken mit einem Schluck Prosecco runter.

Und als sich die junge Truppe auf den Weg gemacht hatte, nahm er sich seine vernachlässigten Entwürfe für die Umgestaltung des Wassergeschosses endlich einmal wieder vor.

Kaum eine Stunde später riss ihn eine SMS von Elle aus den Gedanken: *Pat tot aufgefunden. Melde mich später.*

Was?! Pat doch tot?! Das konnte einfach nicht sein! Eine gesunde junge Frau von jetzt auf gleich einfach so tot? War sie also doch verunglückt? Oder hatte sie tatsächlich mit Drogen zu tun gehabt, wie dieser Commissario Sandrino es in Erwägung gezogen hatte? Das wäre schließlich auch eine Erklärung für ihre schrägen Kunstwerke und ihre extremen Stimmungsschwankungen zwischen verträumter Lethargie und unberechenbarem Ausflippen, schoss es Vic durch den Kopf und dass, er begann vor Panik zu schwitzen, wenn von alledem nichts zuträfe, die Polizei aufs Neue ein Gewaltverbrechen in Erwägung ziehen könnte. Dann würden diese leidigen Verhöre wieder von vorne losgehen und diesmal vielleicht zurückgreifen bis in die Zeit des Zusammenstoßes mit dem Fischerboot!

Vic war viel zu aufgewühlt, um weiter an seinen Entwürfen zu arbeiten. Bis Elle sich wieder bei ihm melden und er erfahren würde, wie Pat tatsächlich zu Tode gekommen war, musste er an die frische Luft.

Kopflos war er nach San Marco hineingelaufen. Diese Nachricht hatte ihm schier die Kehle zugeschnürt, und raubte ihm noch immer den Atem, als er die Stufen des Ponte de la Malvasia Vecchia hinaufstieg und sein Handy läutete.

»Ja?«

»Es ist einfach unfasslich, mein lieber Viktor! Das arme Mädchen!«, jammerte Elle am anderen Ende der Verbindung. »Eine solche Begabung! Und dann in so jungen Jahren!«

»Was genau ist passiert?«, platzte Vic ungeduldig dazwischen.

»Ein Werftarbeiter sichtete ihren leblosen Körper im Wasser nahe der Fondamenta Olivolo in San Pietro di Castello«, berichtete Elle mit bebender Stimme. »Pat ist ertrunken.«

Aber wie war sie überhaupt ins Wasser gekommen? Es war April, und das Meer hatte kaum mehr als zehn oder zwölf Grad. Da ging man doch nicht baden! Und schon gar nicht an dieser Stelle! Und wäre sie hineingefallen, hätte sie leicht ans Ufer zurückschwimmen können. War sie also von jemand anderem ins Wasser gestoßen und daran gehindert worden, wieder herauszukommen? Oder war sie vorher, aus welchen Gründen auch immer, schon ohne Bewusstsein gewesen?

»Ach Viktor, es ist einfach unglaublich. Sie ist für ihre Kunst gestorben!«, hauchte Elle jetzt voller Pathos.

»Wie?«

»An den Pfählen des Stegs hinaus auf den Rio de Quintavale wurde eine Unterwasserkamera sichergestellt. Die hat das ganze Geschehen aufgezeichnet«, erklärte Elle. »Und die näheren Untersuchungen haben zum Glück offenbart, dass es kein Sadist war, der Pat das angetan hat. Es war ein Unfall, der mit ihrem neusten Projekt zu tun hat. Dieses mit den Ostensorien, Sie wissen schon!«

Doch Vic begriff ganz und gar nicht, was um alles in der Welt die Glasbehälter für diese grässlichen Leichenteile damit zu tun haben sollten.

»Pat hatte vor, die Präsentation der Ostensorien mit einer Video-Performance zu kombinieren. Dafür hat sie die Kamera dort befestigt. Dann ist sie ein Stück rausgeschwommen und hat eine lange Netzreuse im Lagunenboden festgemacht, um sie im Fokus der Kamera zu halten. Und in die ist sie dann hineingeschlüpft wie in ein Abendkleid. Schon das ist ein künstlerisch berauschender Moment!« Elle atmete einmal tief durch, und Vic kam es für Sekunden so vor, als schmeckte sie etwas Genüsslichem nach. Aber das konnte doch gar nicht sein!

Und dann fuhr Elle auch schon wieder sachlich fort: »Danach zeigt das Video, – ja, ich habe es schon selbst betrachten können – wie Pat mit einem Fuß in eine vorbereitete Schlinge schlüpft, um den Auftrieb ihres Körpers zu verhindern. Und dann hat sie sich mit einem großen Messer am Ansatz des Armes einen langen Schnitt gesetzt, und das austretende Blut stieg wie Tinte in einem Wasserglas in schwingenden Schlieren auf, während sie die Hand öffnete und das Messer in blitzenden Drehungen von ihr fortdriftete. Ein unglaublich starker Moment! Diese Szene wollte sie, so hat es mir Postblau inzwischen erklärt, in den Akt des Befüllens eines Ostensoriums mit dem Arm der Leiche hineinschneiden.«

»Damit es im Video wirkt, als wäre es ihr eigener Arm, den sie gerade unter Wasser abtrennt?«, reimte sich Vic entsetzt zusammen.

»Genau! Und dann wollte sie wieder auftauchen. Nur hatte sich die Schlinge um ihren Fuß zugezogen und hielt sie unerbittlich in der Tiefe fest. Die letzten Bilder der Aufzeichnung zeigen ihren Todeskampf wie den Tanz einer Meerjungfrau in den wabernden Nebeln ihrer austretenden Lebenssäfte.«

Vic hatte es die Sprache verschlagen. Doch war es mehr noch die verklärende Beschreibung dieser offenbar wirklich von Elle als überwältigend schaurig schön empfundenen Bilder, als die ohnehin schon grauenvolle Vorstellung dieses dramatischen Geschehens selbst, was ihn bis ins Mark erschütterte.

Elle schien zu spüren, was in Vic vorging.

»Ja, es ist schrecklich! Für ihre Eltern, für ihre Freunde, für uns alle«, raunte sie nun düster, verfiel aber schon im nächsten Augenblick wieder in ihre dämonische Euphorie. »Was für ein künstlerisches Vermächtnis! Es wird sie unsterblich machen! Wie alle wahren Künstler lebte Pat allein für die Kunst, Viktor! So sollte uns der Gedanke trösten, dass sie ihr Ziel erreicht, ihre Bestimmung erfüllt hat, nur eben ein wenig früher als erwartet und zu einem für sie ungeahnt hohen Preis natürlich. Dafür aber mit einer Intensität und Originalität, die das Potential haben, sie zum Mythos zu erheben. So wie Basquiat, der im gleichen Alter wie Pat starb, also auch mit nur siebenundzwanzig Jahren. Mit seinem in wenigen Jahren geschaffenen Oeuvre hat er Kunstgeschichte geschrieben. Und schon zwanzig Jahre nach seinem Tod erzielten seine Gemälde zweistellige Millionenbeträge, weitere zehn Jahre später dreistellige! Und ich werde nun alles dafür tun, um auch Pat post mortem diesen Weg zum ewigen Ruhm zu ebnen. Das bin ich dieser großen Künstlerpersönlichkeit einfach schuldig!« Elle gab ein aufopferndes Seufzen von sich, bevor sie hinzusetzte: »Die bemerkenswerten biografischen Geschichten, die sich mit ihrem Werk verbinden und die nun in diesem so dramatischen Tod ihren Höhepunkt gefunden haben, werden ihr auf dem Weg zur Unsterblichkeit Flügel verleihen. Und die Presse wird dabei eine wichtige Rolle spielen. Um die auf Linie zu bringen, müssen wir allerdings so viel spektakuläres Futter bieten wie nur möglich. Und die sitzen mir schon im Nacken, lieber Viktor! Deshalb würde ich den Foto-Termin im Palazzo Bembolo gern für morgen früh um elf anbieten.«

Der letzte Satz hatte Vic aus seiner lähmenden Bestürzung gerissen. Der Palazzo Bembolo als Teil dieser schrecklichen Geschichte in den Zeitungen? Das mochte Stadtführer freuen, die davon lebten, Touristen auf einer Gruseltour an Orte schauerlicher Ereignisse aus der langen Historie Venedigs zu begleiten. Ihren Aufenthalt im Palazzo Bembolo aber sollten die zukünftigen Gäste ungetrübt als Inbegriff der glückselig machenden Atmosphäre Venedigs erleben.

»Sollte der Name unseres Palazzos auch nur ein einziges Mal in diesem Zusammenhang auftauchen, dürfen Sie sich darauf gefasst machen, dass nicht nur Signor Bembolo Ihnen jegliche weitere Unterstützung versagt«, feuerte Vic daher volle Breitseite auf Elle.

Für einen Moment war Sendepause. Vic konnte Elles ungehaltene Irritation knistern hören. Doch dann konterte sie einmal mehr in ihrer beneidenswerten Selbstbeherrschung.

»Die Presse wird auf Bilder bestehen. Nachdem sich der Werftarbeiter, der die arme Pat im Wasser fand, nicht damit begnügte, die Polizei zu verständigen, sondern auch gleich die Presse informierte, liegt die Geschichte schon längst auf den Schreibtischen der Radaktionen. Und für morgen früh um neun Uhr hat die Polizei eine Pressekonferenz zu dem Fall anberaumt, bei der mit Sicherheit Fragen zu den Hintergründen dieses Todesfalls gestellt werden. Deshalb auch mein Vorschlag, den Foto-Termin im Palazzo Bembolo gleich um elf folgen zu lassen.«

»Dann sollten Sie umgehend auf die Polizei einwirken, dass sie diesen Namen keinesfalls preisgibt!«

»Aber die Ostensorien mit den Leichenteilen gehören untrennbar zu dieser sensationellen Geschichte! Und die wurden nun mal in Pats Atelier im Palazzo Bembolo von der Polizei aufgespürt!« Elle war inzwischen auch ein wenig lauter geworden.

»Dann sollte man sich darauf beschränken, davon zu sprechen, dass sie ihr Atelier in einem anderen Palazzo als dem Ihren hatte!«, gab Vic eindringlich zurück und umklammerte fest den Schlüssel zum Palazzo Bembolo in seiner Hosentasche. Den würde er keinesfalls herausrücken, da konnte Elle noch so fieberhaft nach einer Möglichkeit suchen, ihren Willen doch noch durchzusetzen.

≫Mein lieber Viktor, Sie vergessen, dass auch Vertreter der lokalen Presse bei unserem Welcome-Event für die Stipendiaten anwesend waren und folglich vernommen haben, dass Pat ein Atelier im Palazzo Bembolo zur Verfügung gestellt wurde. Daran wird man sich zweifellos erinnern.≪

Vic fühlte, wie er schlagartig blass geworden war.

≫Und trotzdem wird mir die Presse nicht ins Haus kommen!≪, verkündete er entschieden und überlegte angestrengt. Um zumindest zu verhindern, dass sich die Paparazzi auch noch auf andere Teile des Palazzos oder gar seine Bewohner stürzen würden, sollte er Elle als Kompromiss anbieten, selbst ein paar Fotos vom Atelier zur Weitergabe an die Presse zu machen.

≫Also gut≪, gab sie sich auf sein Angebot hin zum Glück geschlagen, wenn auch im Ton des Kommandanten ihres bereits voll aufgetakelten Flaggschiffes auf dem Weg in die große Medienschlacht. ≫Dann brauche ich Ihre Aufnahmen aber bis spätestens morgen Vormittag um zwölf, damit ich sie noch rechtzeitig vor Redaktionsschluss weiterleiten kann!≪

Nach diesem Telefonat war Vic zum belebten Campo Santo Stefano weitergetaumelt, passierte die von Restaurants flankierte Seite des weiten Platzes und hielt am einsamen Denkmal eines alten Gelehrten in seiner Mitte inne. Er musste endlich Leon und die anderen informieren! Vic zückte sein Smartphone und schrieb nur einen Satz:

Pat ist bei einer Kunstaktion tödlich verunglückt.

Leon antwortete prompt:

Haben wir gerade alles von Brandon erfahren. Das ist so was von krass! Sind noch in Cannaregio und müssen auf diesen Schock erst mal was trinken gehen.

Genau das brauche ich jetzt auch, dachte Vic und dass der Campo Santa Margherita keine Viertelstunde entfernt lag. Und mit ein wenig Glück würde er dort im Laufe des Abends auf seinen venezianischen Kumpel treffen, den einzigen, von dem er sich erhoffte, ein Gespräch könnte das ihn schier erdrückende Geflecht aus rasenden Gedanken und Angstschweiß treibenden Empfindungen ein wenig auflockern.

Ohne die prächtigen Fenster des Palazzo Cavalli-Franchetti weiter zu beachten, die in reflektierendem Neonblau durch die hereingebrochene Dunkelheit strahlten oder auch nur einen Seitenblick auf den Canal Grande zu werfen, strebte er hastig über den Ponte dell'Accademia nach Dorsoduro hinüber. Und bereits zehn Minuten später hatte er seine Stammkneipe erreicht.

»Na so was! Vittorio! Auch endlich mal wieder da?«, schallte es Vic schon entgegen, als er über die Schwelle des *Al Bocon DiVino* trat. Und ein inniges Lächeln der Erleichterung huschte über sein Gesicht, als er seinen alten Bekannten tatsächlich an die Backsteintheke des Bàcaros gelehnt vorfand.

»Ciao, Matteo, alter Freund! So gut, dich zu sehen!«, begrüßte Vic den vierschrötigen Kameraden und bestellte beim Wirt gleich zwei Gläser von seinem besten Grappa.

»Was ist denn nur mit dir wieder los, dass du das Pferd von hinten aufzäumst?«, wunderte sich der Venezianer mit gekräuselter Stirn vor dem kahlen Schädel, als ihm Vic eines der befüllten Gläser zuschob. »Egal. Salute!«

»A la tua!«, erwiderte Vic.

Die beiden kippten sich den Schnaps hinter die Binde.

»Jetzt sag schon!« Matteo bestellte nun vom roten Hauswein. »Was für eine Laus ist dir diesmal über die Leber gelaufen?«

»Keine Laus, eher eine Spinne«, erwiderte Vic ohne groß nachzudenken und wurde gewahr, wie sehr ihm die Worte von Elle noch auf der Seele brannten.

Matteo sah ihn fragend an.

Wie gern hätte er ihm jetzt haarklein erzählt, was alles passiert war. Aber er musste vorsichtig sein, damit die gerade mühsam ausgebremste Presse nun nicht übers Tratschen noch wieder stärker auf den Palazzo Bembolo als entscheidenden Schauplatz aufmerksam würde.

≫Du hast mir doch mal von diesem Orseolo erzählt und davon, dass er an einer Verschwörung beteiligt war≪, begann er also behutsam und spürte, wie schwer es ihm fiel, seine verworrenen Gefühle und Gedanken in einigermaßen logische Bahnen zu lenken.

Matteo machte große Augen und nickte erwartungsvoll.

≫Und jetzt ist ein noch ganz junger Mensch durch so ein Netz von Intrigen zu Tode gekommen, weißt du?≪, begann Vic vor sich hinzustammeln.

≫Ein Journalist, der was aufgedeckt hat≪, mutmaßte der Venezianer spontan. ≫Die leben inzwischen überall gefährlich. Ist wirklich schlimm!≪

≫Nein, nein. Der Tote war keine Bedrohung für irgendjemanden. Und er wurde auch nicht umgebracht≪, hangelte Vic sich in seinen verhaltenen Erklärungsversuchen mühsam weiter. ≫Also, nicht direkt. Und irgendwie doch. Da haben mehrere Leute zusammen so ein fieses Spinnennetz gewoben. Es steckt ein System dahinter, das ihnen allen Profit verspricht. So ein nach außen nicht durchschaubares Spinnennetz, mit dem man gemeinsam auf Beutezug geht und dann jeder seinen Teil vom Kuchen abkriegt.≪

Der Venezianer schob bedenklich seine Unterlippe vor.

≫Klingt verdammt nach Mafia.≪

≫Tja, ist fast wie bei der Mafia, da hast du recht. Nur sind das alles hoch angesehene Herrschaften.≪

≫Dann meinst du Leute aus der Regierung?≪, versuchte es Matteo noch mit einer anderen Erklärung.

Vic schüttelte den Kopf.

»Man sollte sich halt überlegen, mit wem man sich einlässt«, meinte der Venezianer schließlich, nachdem Vic eine Weile stumm geblieben war.

»Ist nicht so einfach, wenn man von irgendwas getrieben ist«, murmelte Vic. »Aber, dass sie deshalb sterben musste!«

»Wie ich schon sagte, man sollte sich genau überlegen, auf wen man sich einlässt. Wenn es dann für einen übel ausgeht, muss man sich nicht wundern.« Der Venezianer bestellte noch eine Runde Wein nach.

Vic hatten seine Worte an etwas erinnert, was er bei Borges gelesen hatte, nämlich dass jeder Tod auch irgendwie ein Selbstmord sei. Ein nach Schopenhauer zitierter Gedanke, dem zufolge alles, was uns von Geburt an zustoße, von uns selbst vorbestimmt wäre. Wenn man es ganz oberflächlich betrachtete, traf das auf Pats tödlichen Unfall sogar zu. Denn schließlich hatte sie sich mit ihrer Entscheidung, die Aktion im Wasser allein durchzuziehen, auf fahrlässige Weise in Gefahr gebracht. Dass sie aber derart mit sich umging, hatte doch tieferliegende Gründe! Und daran waren auch andere beteiligt. Auf jeden Fall war da der Druck von Elle und Postblau gewesen, im Eiltempo etwas Sensationelles zu erschaffen, was sie getrieben hat. Dabei hätten sie ahnen können, wie gefährlich das für Pat werden könnte. Allein an ihren Kunstwerken war doch zu erkennen, in welchem Maße Pat unter massiven neurotischen Störungen litt, die sie allem Anschein nach dem Einfluss ihrer frustrierten, herrischen Mutter zu verdanken hatte. In diesem Moment fiel es Vic wie Schuppen von den Augen: Elle hatte genau das erkannt! Allerdings als einen großen Schatz für die Kunst und damit auch für sich selbst, den es nur zu heben galt.

»Die Honigmilch!«, entfuhr es Vic.

»Du willst 'ne Milch? Also die kriegst du hier nun wirklich nicht.« Matteo konnte sich ein sonores Lachen nicht verkneifen.

Vic aber war viel zu sehr in seinen Gedanken vertieft, als dass er es hätte wahrnehmen können. In ihm stieg die Erinnerung an

Gretas Notiz über das Gespräch zwischen Elle und Postblau auf, in dem sie ihn anwies, Pat vor dem Zubettgehen noch eine heiße Milch mit Honig zu bringen. Und wie Greta das mit einem Kommentar versehen hatte, der sich auf ein Märchen zu beziehen schien, in dem eine Mutter das zur Frau Werden ihrer Tochter erschreckte. Und in diesem Fall war damit nicht die Geschichte von Schneewittchen gemeint. Es ging nicht um die Furcht einer älteren Frau vor der Konkurrenz durch eine jüngere. Hier ging es um die Angst vor dem Entgleiten eines Kindes, vor dem Verlust des kontrollierenden Einflusses, weshalb die erblühende junge Frau weggesperrt wurde. Treffender hätte es kaum ausgedrückt werden können, was Pat durch ihre Mutter erfahren hatte. Vic sah die Fotoinstallation von dem abgeschlossenen Raum vor sich aufsteigen. Darin das Bett mit dem vom ersten Menstruieren gefärbten Blut, darüber das übermächtige Kreuz als Symbol für die erdrückend konservative Moral der Mutter. Oder auch für noch mehr als das. Auf jeden Fall bezogen auf die Vorstellungen der Mutter für das Leben ihrer Tochter. Und dann war da dieses schwebende Tablett mit dem umgestürzten Trinkglas, aus dem Milch zu Boden rann, als Sinnbild für ihre nicht enden wollende Fürsorge und Pats Abwehr. Und ihre Kunst thematisierte genau diese bedrückenden Erlebnisse aus ihrer Kindheit und Jugend. Ob es ihr Versuch war, diese belastenden Eindrücke durch ein Nachaußenbringen seelisch zu verarbeiten und damit ad acta zu legen? Oder hatte vielleicht Postblau schon in Pats Jugend erkannt, dass diese schmerzhaften Erfahrungen in ausdrucksstarke, wertvolle Kunst umgemünzt werden könnten und Pat deshalb dazu gebracht, Künstlerin zu werden? Auf jeden Fall hatte Elle es durchschaut und verstanden, dass dies die Quelle von Pats künstlerischen Einfällen war. Deshalb also hatte sie die Honig-milch als Trumpfkarte gezogen! Wie perfide, Pat damit zu konfrontieren, um ihr kreatives Potenzial zu befeuern! Damit zwang sie Pat zurück in das, was für sie ohnehin wie ein *Zahir* zu sein schien, wie etwas quälend Unvergessliches, das Menschen in den Irrsinn treiben konnte, auch Pat, die daraus ihre an Wahnsinn grenzenden spektakulären Werke schöpfte.

≫Die Spinne hat gewusst, dass sie mit dem Feuer spielt, in dem ihre Beute nun umkam≪, murmelte Vic zornig.

≫Welche Spinne lässt denn freiwillig ihre Beute verkohlen?≪ Matteo konnte Vic nun überhaupt nicht mehr folgen und rieb sich verwirrt die Glatze.

≫Das Perverse daran ist, dass für diese Spinne und ihre Kumpane auch die geröstete Beute noch äußerst schmackhaft ist≪, ergänzte Vic bitter. Und ihm wurde speiübel bei dem Gedanken, wie sich Elle schon ausrechnete, welche Preissteigerung für die nun auch noch limitierten Werke von Pat zu erwarten wäre. Mit Sicherheit hatte sie sich längst einige gesichert. Und dass sie vermutlich auch noch darauf spekulierte, mit ihrer Teilhabe an dieser aufregenden Geschichte um Pats Schicksal selbst in die Kunstgeschichte einzugehen und unsterblich zu werden.

≫Die Sehnsucht nach Unsterblichkeit. Ja, das war es auch, womit sie das Opfer in ihr Netz gelockt haben≪, raunte Vic voller Bitterkeit.

≫Dann war das aber eine ziemlich tödliche Unsterblichkeit. Teuflisch, teuflisch!≪, resümierte Matteo kopfschüttelnd. ≫Also, da bin ich aber mal froh, dass ich so 'nen Ehrgeiz nie hatte. Lebt sich doch eigentlich ganz gut so als Normalsterblicher, oder?≪ Er hob sein Glas und prostete Vic zu.

≫Andere zu verwirren, steht Menschen auch gar nicht zu!≪, murmelte Vic, als er sich daran erinnerte, wie Borges das Bauen von Labyrinthen als den Göttern vorbehalten sah, waren sie doch zu nichts anderem gedacht, als Menschen in die Irre zu führen. Und genau das haben sie mit Pat gemacht!, dachte Vic wütend und daran, wie sie ihr vorgaukelten, in diesem Labyrinth des Kunstmarktes erwarte sie nichts als Ruhm und Unsterblichkeit. Und wie sie Pat dann aus lauter selbstsüchtiger Verschlagenheit auch noch in ein labyrinthisches Spiegelkabinett geschickt hatten, wo sie unentrinnbar in die verdrängten Abgründe ihrer eigenen Seele hatte blicken müssen, um das schlafende Ungeheuer zu wecken, das ihnen Profit bringen sollte und Pat nun den Tod. »Das war ein Betrug an den Göttern!«

»So was geht nie gut aus«, meinte Matteo kopfschüttelnd und orderte eine weitere Runde.

»Da hast du wohl recht«, bekräftigte Vic und leerte das neue Glas auf ex. »War schon in Urzeiten so, als sich dieser Minos mit dem Meeresgott anlegte.«

»Da hat einer den Neptun betrogen?«, entgegnete sein Kumpel zutiefst erschrocken, und Vic ahnte, welche Ängste in ihm aufgestiegen waren, wussten die Venezianer doch nur zu gut, wie abhängig sie von der Gunst des Meeres waren und von den Mächten, die es bewegten. Und dass hier nicht nur der himmlische Vater, sein Sohn Jesus Christus oder auch die Heilige Jungfrau, deren Abbild als Ikone in früheren Zeiten auf keinem der venezianischen Schlachtschiffe fehlen durfte, eine Rolle spielten, das wiederum wusste Vic nur zu gut. Es war auch der antike Meeresgott Poseidon, oder eben, wie die Römer ihn später nannten, Neptun, dem sie bis heute huldigten.

Die jährliche Übergabe des goldenen Rings ans Meer war dafür ebenso Beweis wie das verehrte riesige Gemälde von Tiepolo im Dogenpalast, auf dem der Meeresgott Muscheln, Korallen und Perlen als Schätze des Meeres vor der *Venezia*, der Verkörperung der Stadt als wunderschöner Frau, aus seinem Füllhorn ausschüttet. Doge und Ratsherren sollten damit immer daran erinnert werden, wem Venedig seine Größe und seinen Reichtum zu verdanken hatte und wie sehr ihr weiteres Wohlergehen von der Gunst des Meeresgottes abhing.

»Na ja, dieser Minos war zumindest selbst ein Halbgott und einer von drei Adoptivsöhnen des Königs von Kreta. Im Wettstreit um seine Thronfolge hatte Minos Poseidon um Hilfe angerufen. Der sandte ihm einen prächtigen weißen Stier, mit dem Minos auch tatsächlich die Konkurrenz um die Krone

189

gewann. Nur hatte der Meeresgott im Gegenzug die Opferung dieses Stieres gefordert. Minos aber wollte das wunderschöne Tier in seiner Herde behalten und ließ Poseidon einen anderen Stier opfern≪, erzählte Vic und dachte, was für eine unsägliche Habgier und was für ein unfasslicher Hochmut Minos befallen haben musste, zu glauben, einen Gott derart hinters Licht führen zu können. ≫Poseidon hat den Betrug natürlich entlarvt. Und weil er wusste, wie wollüstig Minos war, ersann er eine Strafe, die ihm als Ehemann Hörner aufsetzen und ihn in seiner rasenden Eifersucht treffen würde. Poseidon also schlug seine Frau Pasiphaë mit dem Verlangen, sich mit dem prächtigen Stier zu vereinigen. Die Frucht, die daraus hervorging, war der Minotaurus, ein schreckliches Ungeheuer mit menschlichem Körper und dem Kopf eines Stieres. Und um dieses tobende Wesen der Schande zu verstecken, ließ Minos von dem genialen Erfinder Daidalos ein Labyrinth als unentrinnbares Gefängnis für den Minotaurus bauen≪, erklärte Vic weiter und sah vor seinem inneren Auge, wie Pat sich verzweifelt und hoffnungslos an den Glaswänden ihres Labyrinths entlangtastete.

≫Den schönen Stier hat der Minos dann aber trotzdem nicht behalten können, oder?≪, fragte Matteo zweifelnd.

≫Gute Frage≪, erwiderte Vic und dachte nur, wie recht der Venezianer mit seiner Vermutung hatte und wie unmöglich es schien, sich aus einer solchen Schicksalslage zu befreien. Auch Pat, die es zwar geschafft hatte, sich örtlich von der Mutter zu distanzieren, nicht jedoch von deren Lebensmaximen. Die Verpflichtung zum Erfolg war ihr zu tief eingeimpft. Und Pat hatte sich offensichtlich gezwungen gefühlt, wenn sie schon aus der bürgerlichen Welt der Eltern ausbrach, zumindest in ihrer neuen Welt, der Kunst, Ruhm zu ernten.

≫Und was ist nun aus dem Stier geworden?≪, drängte Matteo und schob Vic noch einen Wein zu.

≫Den Stier holte sich ein anderer Gott, Herakles. Der brachte ihn auf den Peloponnes, wo das unbändige Tier viel Schaden anrichtete. Und dann soll der Athenerkönig einen Sohn des Minos herausgefordert haben, seine Geschicklichkeit in einem Kampf mit diesem Stier zu erproben. Dabei ist der dann aber drauf-gegangen. Das brachte Minos so in Rage, dass er in einem Rachefeldzug über die Athener herfiel. Doch der Sieg genügte Minos nicht, und er verdonnerte den Athenerkönig dazu, alle neun Jahre sieben junge Frauen und sieben junge Männer nach Kreta zu senden, um sie dem Minotaurus im Labyrinth zum Fraß vorzuwerfen. So ging das einige Jahrzehnte lang, bis Theseus, ein Sohn des Athenerkönigs, heimlich mit nach Kreta reiste, um durch den Tod des Ungeheuers diesem Gräuel ein Ende zu setzen. Und da rächte sich Poseidon ein weiteres Mal, indem er dafür sorgte, dass sich Minos' Tochter Ariadne in Theseus verliebte und ihm helfen wollte. Damit er wieder heil aus dem verhängnisvollen Labyrinth herausfinden würde, bat sie Daidalos um Unterstützung. Der verriet ihr den Trick, einen Faden am Eingang des Labyrinths zu befestigen und ihn beim Eindringen immer weiter vom Wollknäuel abzurollen. Auf diese Weise fand Theseus nach erfolgreichem Kampf gegen das Ungeheuer tatsächlich wieder hinaus und nahm zu Minos' Ärger auch noch seine Tochter mit. Jähzornig wie er war, sperrte der Kreterkönig daraufhin Daidalos zur Strafe in das Labyrinth. Der aber entfloh, und Minos verfolgte ihn bis nach Sizilien, wo der üble König selbst schließlich als Opfer einer Intrige sein Ende fand.«

Vic stieß mit Matteo an und spürte, wie seine Wut auf Elle wieder hochkochte. Sie hatte die hilflose Pat aus blanker Selbstsucht und auf volles Risiko spielend zurück in das dunkle Verlies ihrer schmerzhaften Erinnerungen gestoßen und damit an den Rand des Wahnsinns und letztendlich in den Tod getrieben. Doch welcher Gott würde diesen Frevel bestrafen?

NÖRDLICHE KRONE

Sechzehntes Kapitel

Widerstrebend hatte sich Vic am nächsten Morgen in den Portego begeben, um die zugesagten Aufnahmen zu machen. Er fragte sich, was er in Pats Atelier überhaupt fotografieren sollte. Schließlich waren die Ostensorien und die Kühlbox mit ihrem gruseligen Inhalt als Beweismaterial von der Polizei konfisziert worden. Übrig waren nur noch die leeren Kisten aus Murano und das kreuz und quer stehende Foto- und Videoequipment. Er brachte es rasch hinter sich und schickte die Fotoserie an Elle.

Am Nachmittag endlich hatte er Magda vom Anleger des Flughafenzubringers abholen können. Nachdem sie beim Kaffee von den neusten Entwicklungen erfahren hatte, brach er mit ihr zu einem ausgiebigen Spaziergang auf.

≫Wohin jetzt?≪, fragte Vic, als sie aus der engen Calle dei Forni in die helle Weite der Uferpromenade am Bacino di San Marco traten.

≫Auf diese Weg zu Basilica und Piazza es sind so viele Leute. Lass uns gehen in die andere Richtung zu Giardini≪, entschied Magda.

≫Schon am Welcome-Abend, als ich Pats Werke sah, hatte ich eine ungute Ahnung. Also, dass es Schwierigkeiten mit ihr geben würde. Und auch Elle war mir von Anfang an suspekt≪, sagte Vic gedankenverloren, als sie die Brücke über den Rio dell'Arsenale querten und er sich daran erinnerte, wie Elle ihm so mir nichts, dir nichts die Tintoretto-Führung aufs Auge drückte, ihn aber schon im nächsten Moment ohne ein weiteres Wort hatte stehenlassen, um mit diesem amerikanischen Kunstkritiker abzuziehen.

≫Aber warum du hast nicht gehört auf deine intuizione? Weil das ist wie die Stimme von Gott in uns, die sagt, was wir sollen machen, auch wenn wir in diese Moment vielleicht nicht verstehen, warum wir sollen es so machen. «

»Tja, hätte ich mal!«, seufzte Vic, wobei ihm die Sorgen um den Bootsunfall wieder hochkamen. Die hatte er Magda gegenüber weiterhin für sich behalten und erklärte deshalb nur knapp, dass er es um Leons Willen nicht getan habe.

Mit einem liebevollen Lächeln schob sie eine Hand in die seine.

»So er hat Cora kennengelernt und ist wieder glücklich. Sollen wir morgen gehen, ihre Bilder anschauen?«

Vic nickte und ahnte die familiäre Seilschaft, die hinter ihrem scheinbar so harmlosen Vorschlag steckte.

»Und wenn sie dir gefallen, du kannst sie doch gestalten lassen eine Zimmer. Ist sowieso für eine Zeit, die ist begrenzt. Und für Image wäre doch gut, zu fördern auch eine ganze junge Künstler, vero?«

»Und unser Sohn hat ein unschlagbares Marketingtalent«, erwiderte Vic seufzend und spürte, dass er kaum noch eine Chance haben würde, sich dagegen zu entscheiden.

»Ist eine Talent, das man kann heute sehr gut gebrauchen«, befand Magda zufrieden lächelnd, als sie die malerischen Bogendurchlässe zur Calle de le Colonne passierten und Vic plötzlich stehen blieb und aufs Wasser hinausstarrte.

»Das Monumento dei Partigiani«, murmelte er.

»Das ich habe noch nie gesehen. Dabei wir sind schon einmal hier angekommen mit eine Vaporetto, um zu gehen zu Biennale«, wunderte sich Magda beim Anblick der Statue einer jämmerlich gekrümmt im Wasser liegenden Frau, die Arme über den Kopf ausgestreckt, die Hände gefesselt.

»Ich bin in der Bibliothek bei meiner Recherche zu Scarpa zum ersten Mal darüber gestolpert«, erklärte Vic. »Es ist ein Denkmal für die venezianischen Frauen, die für die Befreiung ihrer Stadt vom Nazifaschismus kämpften. Diese Bronzeskulptur stammt von einem berühmten Bildhauer aus Padua, der selbst

Widerstandskämpfer war. Aber die Anlage als Ganzes hat Scarpa entworfen. Er ließ diese Steinwürfel vor dem Ufer platzieren, damit sich der Betrachter dem Kunstwerk nähern kann. Und er wollte, dass die Skulptur immer wie auf dem Wasser schwimmend wirkt. Nur verändert sich der Wasserspiegel hier durch die Gezeiten ständig. Doch auch dafür hat Scarpa eine geniale Lösung gefunden. Er ließ einen Senkkasten aus Eisenzement anfertigen und mit einer Kupferplatte abdecken, auf der die Skulptur nun ruht und sich wie auf einem Ponton je nach Wasserstand hebt oder senkt.≪

Dieser Gedanke beflügelte Vic für ein paar Sekunden. Wäre diese Technik nicht auch geeignet für einen faszinierenden Effekt im Wassergeschoss des Palazzo Bembolo? Dort vielleicht als Plattform über einem Becken, in das Wasser vom Kanal hereinströmen würde? Doch im nächsten Moment schon tauschte sich das innere Bild aus, als hätte er über seinen Bildschirm gewischt, und vor ihm schwebte der reglose Körper von Pat auf der schaukelnden Wasseroberfläche.

≫Vic, diese schreckliche Dinge sind geschehen in Zweite Weltkrieg! Alles ist gut!≪, hörte er Magda beschwichtigend auf ihn einreden. Ihr war sein plötzliches Erschrecken nicht verborgen geblieben.

≫Nein, es ist nicht alles gut! Auch nicht in Venedig, auch nicht mit diesem Mahnmal! Es hat schon einen Vorläufer gegeben. Der wurde nur wenige Jahre später von Neofaschisten gesprengt! Und da war der Zweite Weltkrieg lange vorbei. Man muss Widerstand leisten! Auch heute! Auch wegen Pat! Auch wegen der Kunst!≪

≫Vic, was redest du?≪

≫Man muss auch solche Systeme bekämpfen! Banksy hat das einmal versucht. Dazu reichte er ein Bild bei einem internationalen Auktionshaus ein. Und als gerade der Zuschlag für einen Millionenbetrag erteilt war, setzte sich ein in dem dicken Goldrahmen versteckt eingebauter Schredder in Bewegung. Kurz darauf war von der Arbeit auf Papier nur noch die Hälfte übrig.

Der Rest hing in fein zerschnittenen Papierstreifen unten heraus.≪

≫Eine gute Idee≪, befand Magda lächelnd und mit einer solchen Erleichterung, dass Vic sich fragte, ob sie erwartet hatte, er würde gleich mit dem Bau von Molotowcocktails beginnen.

≫Dem Banksy ist das Lachen über seine gelungene Verarschung des Kunstmarkts allerdings schnell vergangen. Denn die Käuferin nahm das Kunstwerk auch in diesem Zustand an und feierte es noch dazu als erstes, das während einer Auktion entstand. Und dank des weltweiten Medienrummels um diesen Vorfall hat sich der Wert des demolierten Werks innerhalb kürzester Zeit auch noch vervielfacht!≪

≫Klingt wie eine Selbsttor≪, meinte Magda nachdenklich.

≫Ein *Eigen*tor. Ja, so muss man das wohl leider nennen≪, erwiderte Vic düster.

≫Oder auch wieder nicht. Weil es hat auch gezeigt, wie verrückt ist diese Kunstmarkt, wenn Leute bezahlen noch mehr Geld für eine Bild, das ist kaputt≪, befand Magda und zog auf ihre unvergleichliche Weise eine Augenbraue hoch, was Vic selbst in diesem dunklen Moment unwiderstehlich zu einem Schmunzeln verführte. ≫Wollen wir zu unsere Lieblingsbar auf Giudecca fahren? Es ist noch so warm, dass wir können dort sitzen ein bisschen am Wasser.≪

Am Anleger Giardini Biennale hatten sie die Expresslinie erwischt und zehn Minuten später Zattere erreicht. Von dort war es nur noch ein Katzensprung über den Canale della Giudecca gewesen, und schon saßen sie vor einer Bar an der Fondamenta Sant'Eufemia bei einem Spritz, dessen glühendes Orange sich farblich kaum von dem Licht unterschied, in das die Abendsonne das gegenüberliegende Ufer von Dorsoduro nun tauchte.

Vics Blick blieb an der Fassade der gegenüberliegenden Chiesa di Santa Maria del Rosario mit ihren vier, die Kardinaltugenden darstellenden Statuen hängen.

»Bis vor gut zweihundert Jahren wurden überall in dieser Stadt Symbole geschaffen, um die Menschen auf Schritt und Tritt an Versündigung, Laster und Tugenden zu erinnern.«

»Vielleicht es hat aufgehört, weil Napoleon ist gekommen und hat viele Klöster und Kirchen geschlossen«, meinte Magda. »Aber war zu diese Zeit überall so in Europa, dass die Leute wollten nicht mehr sein beherrscht von ihre Kirche und von Leute, die sind sehr mächtig.«

»Nur gab es mit der neuen großen Freiheit doch nicht plötzlich andere Menschen! Menschen, die zum Beispiel von sich aus den bewährten Tugenden gefolgt wären, mit denen die Herrschenden die venezianische Gesellschaft über mehr als tausend Jahre erfolgreich zusammenhielten, mit Gerechtigkeit und Barmherzigkeit. Elle jedenfalls kennt weder das eine noch das andere, sondern nur ihren eigenen Vorteil als Richtschnur!«, grummelte Vic und leerte sein Glas.

Beschwichtigend legte Magda eine Hand auf die seine und blinzelte in das funkelnde Glitzern der abendlichen Strahlen auf dem breiten Kanal hinaus.

»Gleich es wird sein keine Sonne mehr. Lass uns laufen noch ein bisschen!«

So fuhren sie zurück nach Zattere und spazierten in der Dämmerung den Uferweg in Richtung Punta della Dogana hinunter, als eine Leuchtschrift im Fenster eines kleinen Hotels Vics Aufmerksamkeit auf sich zog.

»*Ruskin's House*«, las er und hielt auf dem Ponte de Ca' Calcina inne. »Von hier aus ist Ruskin also damals losgezogen, um seine Zeichnungen von den Bauwerken anzufertigen, um deren Existenz er fürchtete.«

≫Aber zum Glück, es ist anders gekommen≪, entgegnete Magda versöhnlich, während sie in den von zauberhaft pastellbunten Häusern gerahmten Rio San Vio blickte. ≫Komm, lass uns gehen hier an diese kleine Canale!≪

≫Leider ist nicht alles anders gekommen, was Ruskin als bedrohliche Veränderungen vorhergesehen hat≪, erwiderte Vic deprimiert, während er Magda auf die Fondamenta Bragadin folgte.

Mit verwundert fragendem Blick wandte sie sich zu ihm um.

≫Ruskin hat sich nicht nur um Venedig und die Architektur gesorgt. Zuhause in England musste er, parallel zu Karl Marx, die industrielle Revolution und das Aufkommen des wirtschaftlichen Liberalismus miterleben. Der kam mit verlockenden Freiheiten für alle daher, entpuppte sich aber schon bald als Legitimation einiger Weniger für die gnadenlose Ausbeutung der Vielen und der Natur. Das sind auch noch die Wurzeln unserer heutigen Probleme mit der Globalisierung, der bedrohlichen Umweltzerstörung und der dramatischen Schere zwischen Arm und Reich! Und deshalb werden auch noch die letzten Venezianer aus ihrer Stadt verdrängt, und deshalb droht Venedig zu einem seelenlosen Disneyland zu verkommen.≪

≫Dann Ruskin war eine comunista?≪ konstatierte Magda und bog mit Vic in eine enge Seitengasse ab.

≫Ruskin sorgte sich zunächst einmal um den Verlust der inneren Bereicherung des Menschen durch den kreativen Anteil seiner Arbeit, befürchtete eine zunehmende Entmenschlichung durch seinen Einsatz an den Maschinen. Deshalb formulierte er eine eigene ethische Grundlage für die Wirtschaft, eine, die den Menschen mit seiner schöpferischen Kraft und eine intakte Natur in den Mittelpunkt stellte. Erreichen wollte er das über eine Entwicklung der inneren Werte des Menschen durch die Beschäftigung mit handwerklicher Arbeit und Kunst. Und der so gereifte Mensch, davon ging Ruskin aus, würde diese erlebten Werte dann in die Gesellschaft einbringen und begreifen, dass es nur zwei Maximen braucht, um ethisch richtig zu handeln. Nämlich zu wissen, dass alles gut ist, was dem Leben dient und alles schlecht, was ins Verderben führt. Und ist es nicht grotesk, dass dieser uns heute so selbstverständlich richtig erscheinende Gedanke damals wie die Blase eines verrückten Träumers an den gierig ausgefahrenen Tentakeln jener Menschen zerplatzte, denen es nur noch ums Geldmachen ging?≪

≫Aber heute wir wissen, dass es muss anders sein≪, warf Magda beschwichtigend ein. ≫O Vic, schau, was ist hier wieder für eine wundervolle kleine Canale!≪

Vor ihnen wand sich der liebliche Rio de le Toresele um die Ecke, um nun zwischen Uferwegen mit Galerien, Lädchen, geheimnisvollen Durchgängen und kleinen Palazzi dahinzufließen.

≫Nur geht das alles trotzdem immer noch so weiter! Die Menschen werden doch irregeführt!≪, murmelte Vic zornig, während Magda verzückt die farbenprächtigen Halsketten aus Muranoglas in einem Schaufenster beäugte.

Sie drehte sich um, sah Vic tief in die Augen und sagte entschieden: ≫Es ist passiert, weil diese Menschen hatten keine Liebe, nicht für einander und nicht wirklich, für was sie tun. Vielleicht sie können gar nicht lieben, wissen gar nicht, was ist Liebe und dass man sie trägt immer in seine Herz, wenn man sie kennt.≪

Vic spürte, wie das zärtliche Lächeln, das ihm Magdas Worte entlockt hatten, schon im nächsten Moment gefror.

≫Was denkst du?≪ Magdas untrüglicher Sinn für unterschwellige Emotionen war wieder angesprungen.

≫Mich verfolgt der Gedanke, dass ich das, was sie mit Pat gemacht haben, viel früher hätte durchschauen müssen. Dass ich nicht genug Liebe in mir hatte, um zu sehen, was da abläuft und was dagegen getan werden müsste. Und dass diese junge Schriftstellerin recht haben könnte mit ihrer Behauptung, ich neige zu einer Trägheit des Herzens.≪

»Ich weiß nicht, was da ist alles gewesen, Vic. Aber ich brauche das auch nicht, weil ich kenne dich und ich weiß, dass du bist voller Liebe«, erwiderte Magda sanft und schlang ihre Arme um seinen Hals. »Aber es gibt keine Mensch, der ist perfekt und macht alles richtig immer.«

Mit einem tiefen Seufzer zog er Magda an sich und vergrub seine Nase für einen Moment im beruhigend vertrauten Maronenduft ihrer braunen Locken.

»Du meinst also, wenn es nur mal ein Fehler gewesen wäre, müsste ich das mit der Trägheit des Herzens vielleicht zumindest nicht gleich als Laster nehmen?«

Magda lächelte sanft, fasste nach seiner Hand und zog ihn mit sich zurück auf den Weg.

Schweigend folgten sie einer weiteren Windung des Kanals hinein in eine enge Gasse, vorbei an der *Peggy Guggenheim Collection* und über eine Brücke auf den verträumten Campiello Barbaro.

»Vielleicht haben wir es wirklich verlernt, mit unseren Fehlern umzugehen.« Vic wollten seine Schuldgefühle einfach nicht loslassen. »Das prophezeite uns Ruskin übrigens auch schon. Also, dass die maschinelle Produktion auf Perfektion ausgelegt ist, und wir Menschen irgendwann auch so ticken würden.«

»Aber Menschen sind nicht wie Maschinen mit feste Programme. So sie machen Fehler, aber sie können auch erfinden wundervolle Dinge«, entgegnete Magda und deutete auf den Auslauf der Brückentreppe, die sie hierhergeführt hatte. »Schau, Vic, wie die Stufen fließen in elegante Schwünge auf diese Platz so wie in eine große Salon!«

Zum ersten Mal an diesem Tag nahm Vic wieder etwas aus dem Konzert der berauschenden Eindrücke dieser unvergleichlichen Stadt wahr: Neben diesem einzigartig an den kleinen Platz angepassten Treppenabgang schlängelte sich ein schmaler Wasserlauf entlang. Im Laternenschein der hereingebrochenen Dunkelheit ließ sich sein sattes Grün als farbliches Pendant zu dem überbordenden Blattwerk hinter der Gartenmauer des berühmten Palazzo Dario mit seinen märchenhaft schimmernden Spitzbogenfenstern erahnen.

»Venedig ist ein einziges Kunstwerk!«, murmelte Vic.

Magda lächelte zufrieden und hakte sich bei Vic unter. So folgten sie der verwinkelten Calle del Bastion, querten den Vorplatz der Ex-Chiesa di San Gregorio und tauchten ein in die Finsternis des langen Sotoportegos ihrer alten Abtei, bevor sie die angestrahlte weiße Fassade der Basilica di Santa Maria della Salute regelrecht blendete.

»Für Ruskin war die Kunst eine Übersetzung ins Seelische, die zu einer höheren Wahrheit führt. Und eine höhere Wahrheit ist doch nichts anderes, als eine Annäherung an das Göttliche und damit an das wahrhaft Gute, das sich in seiner Schönheit, also in der Kunst, ausdrücken lässt«, raunte Vic überwältigt von der Schönheit dieser prächtigen Kirche und ihrer nicht minder überwältigenden Einrahmung durch den von Palazzi gesäumten Canal Grande, an dessen Ufer die schlanken Gondeln zwischen hoch aufragenden Pfählen auf den glitzernden Wellen tanzten. »Und mir kommt der heutige Umgang mit Kunst allein schon wegen dieses Strebens nach ihrem Besitz um einer Wertsteigerung willen vor wie ein Betrug«, ergänzte er und hätte fast *am Göttlichen* hinzugefügt, sagte dann aber nur: »An dem, was sie ihrem tiefsten Wesen nach ist.«

Doch so wie jeder gedachte Gedanke ebenso wirksam ist wie ein gesprochener Satz, hatte dieser Moment ihm das entscheidende Stichwort geschenkt.

»Komm, ich möchte dir noch etwas zeigen!« Er legte seinen Arm um Magdas Schultern und strebte weiter die Uferpromenade entlang bis an die Spitze der Dogana del Mar.

»Hier das Land ist zu Ende«, stellte Magda lächelnd mit erwartungsvoll fragendem Augenaufschlag fest.

≫Es ist auch nichts Irdisches, das ich dir zeigen will≪, erwiderte Vic und wandte seinen Blick gen Himmel.

≫Du wolltest mit mir in die Sterne schauen? Eine schöne Idee, Vic! Und es ist eine gute Ort hier und eine gute Nacht dafür, weil der Himmel ist so klar heute.≪ Sanft schmiegte sie ihren in den Nacken gebeugten Kopf an seine Brust.

≫Wie gerne würde ich dir ein paar Sterne von da oben holen und zu Füßen legen, nur hab ich leider keine Leiter, die lang genug wäre≪, hauchte Vic mit gespielter Traurigkeit.

≫Ti amo, Vic, ich liebe dich!≪, erwiderte Magda, drehte sich um und küsste ihn innig. Dann sagte sie: ≫Aber Sterne darf man auch nicht holen herunter, weil dann sie könnten nicht mehr leuchten für uns alle hier unten.≪

≫Aber etwas hinaufwerfen, um daraus ein paar neue Sterne zu zaubern, die eine Liebe auf ewig in den Himmel schreiben, das wäre in Ordnung?≪

Magda lachte.

≫Dann schau mal!≪ Vic deutete auf eine Ansammlung von Sternen über dem Lido. ≫Da! Zwischen den Sternbildern Herkules und Boötes, da liegt sie, die *Nördliche Krone*, das Sternbild der ewigen Liebe.≪

≫Eine Krone? O ja, es ist wirklich wie eine Diadem!≪, staunte Magda verzückt.

≫Ein Diadem, genau! Es gehörte der kretischen Königstochter Ariadne, die Theseus aus Liebe half, den Minotaurus zu besiegen und mit einem Wollfaden dem Labyrinth zu entkommen. Nur soll Theseus sie auf ihrer gemeinsamen Flucht vor dem wütenden Minos auf der Insel Naxos sitzengelassen haben. Dort hat Dionysos sie dann aufgelesen und vom Fleck weg geheiratet. Nur war Ariadne ein Menschenkind und starb irgendwann. Da schleuderte der trauernde Weingott Ariadnes Krone hinauf in den Himmel und machte ihre Edelsteine zu Sternen als Erinnerung an seine große Liebe. Und deshalb heißt der Hellste unter ihnen auch *Gemma*, das Juwel. Und den widme ich jetzt dir!«

»Was für eine schöne Stern! Und was für eine schöne Geschichte, Vic!«, hauchte Magda. »Und ich werde nie vergessen diese Moment, wo du hast mir geschenkt, den schönsten Stern am Himmel über Venezia.«

»Ja, über Venedig, diesem göttlichen Labyrinth auf Erden, das uns in die Irre führt, um unseren Geist von seinen inneren Verstrickungen zu lösen, auf dass wir das Wahre und Gute in allem Schönen erkennen.«

Bettina Toepffer

TANGO VENEZIANO
Wen die Geister rufen

Taschenbuch

BoD 2020

476 Seiten

ISBN : 978-3750470606

> *≫ Spannend und einfach unverzichtbar für alle Venedig-Liebhaber ≪*

Victor freut sich darauf, mit seiner Magda ein paar romantische Tage in Venedig zu verbringen. Doch kaum angekommen, torpediert ein winziger Moment unbedachter Neugier alle Pläne, und er findet sich wieder in der Verantwortung für eine mysteriöse Fremde. Hat er gerade Bekanntschaft mit einer Mörderin gemacht? Noch dazu konfrontiert ihn das Schicksal mit rätselhaften Erscheinungen, deren Existenz er als Rationalist grundsätzlich nicht wahrhaben will. Die Situation entgleitet ihm zunehmend, und die beschauliche Umgebung verwandelt sich in die bedrohliche Kulisse für ein undurchsichtiges Spiel unheimlicher Mächte, bei dem Tauben, Schwarze Madonnen und eine alte Göttin eine ganz besondere Rolle spielen.

Und über allem: Die Frage nach den Mächten des Schicksals und wie unsere ganz persönlichen Spekulationen darüber die Welt bewegen.